HOMEM LOBO

JOHN REINHARD DIZON

Tradução por

ANA BEATRIZ FERNANDES MENEGUETTI

Publicado em 2021 por Next Chapter

Capa de CoverMint

Livro de Bolso

CAPÍTULO UM

Kane North era o maior traficante de crack da cidade de Nova York e ninguém no Departamento de Polícia, na Agência de Fiscalização de Drogas ou em organizações rivais na área dos três Estadosesperava que sua ascensão desacelerasse tão cedo. Ele tinha cocaína vindo das Florida Keys, das fronteiras do México e do Canadá, e dúzias de pontos ao longo do litoral nordestino. Essa cocaína estava sendo convertida em crack em centenas de laboratórios subterrâneos em Nova York, Nova Jersey e Pensilvânia, e sendo distribuída por mais de mil casas de crack em toda a área. Estimava-se que a North Network estava arrecadando mais de um milhão de dólares por dia antes das despesas, e a única preocupação de North era o fardo espantoso que isso estava colocando sobre suas corporações de lavagem de dinheiro.

Muitos dos seus maiores clientes eram pessoas da indústria do entretenimento que tinham se tornado viciadas em cocaína e estavam convencidas de que mudar para o cachimbo de crack lhes daria mais energia e euforia do que nunca. Ficar viciados em crack os tornava escravos do narcótico, e uma grande maioria encontrava sua reputação profissional arruinada e sua renda diminuindo de modo que não podiam pagar a quantidade que consumiam. As mulheres pagavam o preço mais alto por seus vícios, pois muitas delas eram forçadas a fazer favores sexuais em troca do que não podiam comprar.

Mirjana Dragana era uma dessas infelizes. Ela era uma aspirante a modelo que havia recebido a chance de ser protagonista de um filme B feitopor uma das produtoras de dedução fiscal de North. Ela havia se voltado para a cocaína por influência dos diretores do filme e logo passou para o crack com o incentivo deles. A bela sérvia havia colocado sua carreira de modelo em espera e agora dependia inteiramente de seus ganhos com o filme, cuja produção foi repentinamente adiada. Ela se viu desempregada e viciada no produto, e depois de gastar suas economias para satisfazer seus desejos, foi forçada a se encontrar com o próprio North para resolver seu problema.

Ela havia ouvido rumores sobre as depredações sofridas por mulheres em situações semelhantes a sua quando eram atraídas para a suíte de North numa cobertura à beira do East Harlem. Ela se abriu para um amigo íntimo, Steve Lurgan, que morava no prédio de três andares no Soho onde ela passou a viver ao chegar na cidade de Nova York. Lurgan era um fotojornalista que havia acabado de voltar da Europa Oriental e tinha coberto a guerra na Bósnia nos anos 90. Ele sabia um pouco de sérvioe rapidamente fez amizade com Jana. Ele havia assistido ao declínio que ela sofreu pelo abuso de drogas, mas não buscava comprometer a amizade deles criticando-a.. Foi apenas quando ela lhe disse que se encontraria pessoalmente com North que ele lhe ofereceu conselhos.

“Jana, por favor, tenha cuidado quando você for até lá”, implorou Lurgan. “Eu li os jornais e tenho contatos. Essa gente está envolvida com drogas e eu não ficaria surpreso se tentassem te envolver em algo imoral para que você aguente a barra até a produção do filme ser retomada.”

“Não se preocupe, Steve”, garantiu-lhe Jana. Ela era uma loira-acinzentada com olhos azuis pálidos, um nariz pequeno e lábios grossos, sua beleza natural realçada por uma figura de ampulheta e um busto generoso. “Eu sei que você é meu amigo e que gosta de mim. Vou ficar bem, sei o que estou fazendo. A maioria destas empresas tem seguro que cobre a perda de rendimentos, e acredito que conseguirão arranjar o suficiente para me manter na folha de pagamentos até começarem a filmar novamente.”

Apesar de sua aparente coragem, ela estava cheia de trepidação quando chegou ao prédio de North na Lenox Avenuenaquela noite. Havia quatro gângsteres do lado de fora do prédio, e eles anunciaram sua chegada pelo celular antes que lhe fosse permitida a entrada. Mais quatro gângsteres a encontraram na entrada e a acompanharam até o final do corredor, onde uma pesada porta de aço era guardada por dois pistoleiros.

“Oi, gatinha”, um homem negro alto e esbelto estava sentado em um trono elevado por uma plataforma em uma sala do tamanho de um showroom comercial. Ela olhou ao redor da área generosamente mobiliada, onde seis outros negros relaxavam nos sofás e cadeiras em volta da sala de estar. Eles olharam para ela como se um pedaço de doce tivesse entrado na sala. “Deixa o meu parceiro buscar uma bebida para você. Vem aqui em cima e me fala o que posso fazer por você.”

“Eu... eu vim discutir minha posição com a Player Productions”, Jana se adiantouhesitantemente, caminhando para a borda da plataforma antes que North acenasse para ela. Ela subiu e caminhou timidamente até onde Kane estava sentado. O homem olhou para ela com luxúria, seus olhos cheios de coca brilhando sobre as suas narinas largas e o cavanhaque luciferiano.

“Garota, você pode assumir qualquer posição que quiser por aqui para conseguir o que desejar”, sorriu North enquanto seus capangas gargalhavam. “Olha, eu vi algumas cenas daquele filme em que você está estrelando, e uma mulher com a sua aparência tem que ter um lugar organização.”

“Obrigada”, Jana conseguiu dizer. “É que pararam de enviar cheques aos membros do elenco e à equipe desde o primeiro dia do mês, e é muito difícil sobreviver com o adiamento da produção. Não sei se sabem que cancelei os meus trabalhos como modelo para me dedicar a este projeto.”

“Agora, Jana... é a Jana, não é? Eu faço questão de conhecer todos os detalhes das minhas várias empresas. Sou o tipo de empresário que gosta de estar envolvido em tudo que está na sua operação, entende o que digo?” North olhou para ela com aprovação. “Conheço a sua história, gatinha, e quero fazer tudo que estiver ao meu alcance para te levar aonde você quer chegar. Agora, eu sei que estava vivendo intensamente nos meus cruzeiros e os produtores gostaram de você não só pelo seu talento, mas pela sua capacidade de interagir nos bastidores. Eu sei que você era uma verdadeira festeira, na maioria das vezes a vida da festa. Então eu me sentiria derrotado se nunca conseguisse festejar um pouco com você. Os meus parceiros aqui se sentem da mesma maneira."

"Sr. North", ela baixou os olhos, percebendo como todos estavam olhando-a, "parte da razão pela qual estou aqui é porque exagerei com meu orçamento pessoal ao socializar demais. Eu sei que fui arrastada pela mentalidade de Broadway e desperdicei mais dinheiro do que tinha o direito de perder. . Tenho contas para pagar e não esperava pela interrupção dos rendimentos. Julguei mal a solvência da empresa ao presumir que, como você era o proprietário, eles teriam a vantagem da sua solidez. Tudo que peço é que eu possa receber pelo menos mais um mês de pagamento, o qual, naturalmente, seria deduzido dos meus ganhos quando o projeto fosse concluído."

"Gatinha, não sei de que outra forma te dizer isso, mas o *Showdown In Serbia* não vaipara frente", North sorriu. "Os nossos analistas de marketing deram uma olhada e eles acham que ele não chega nem perto de um Blockbuster. Tenho que cancelar, minha linda, mas isso não necessariamente significa cancelar você."

"Há... há outros projetos em que eu possa entrar?" ela conseguiu perguntar.

"Bem, você sabe que a maior parte de sua comercialização será baseada em sua atração na tela", North se inclinou para frente em seu trono de veludo e ouro. "Eu pessoalmente não tive oportunidade de ver o seu arquivo. Lamento dizer que não faço ideia para que é que o meu estúdio está jogando todo esse dinheiro fora. Seria inapropriado da minha parte perguntar se podemos fazer um teste aqui para decidir se faço um cheque generoso para você?"

"Claro que não", Jana não podia recusar.

"Espero que você não se importe de tirar a blusa, para ver como você ficaria num biquíni", Kane produziu um saco de cocaína posando como um saco cheio de detergente para roupa.

"Claro que... não", Jana engoliu com esforço.A sala estava quieta como um túmulo antes de ela começar a desabotoar a blusa.

"Isso é o que eu chamo de carisma", Kane sorriu enquanto apreciava seus grandes seios no seu sutiã de renda. "Por que você não tira as calças jeans para vermos o que essa cena de biquíni vai realmente vender? Acho que podemos fazer algumas falas aqui para espantar o nervosismo. Sabe, é isso que a gente procura, o tipo de moça que não desista imediatamente."

Havia um som de arranhão na porta, quase como se alguém tivesse deixado um cão entrar no corredor lá fora. Kane havia desconsiderado-o quando o ouviu pela primeira vez, mas agora era uma distração sem explicação. North puxou o celular e discou o número, mas não obteve resposta.

"Olha, alguém vai lá fora e diz para aqueles putos resolverem isso aí", Kane cortou o brado quando Jana deixou as calças caírem aos tornozelos. "Tem um milhão de putos querendo entrar naquele corredor e eu pago muito dinheiro para garantir que não entrem! Agora bota esses cães para irem atrás do osso antes que eu mande tudo de volta para o canil!"

O atirador corpulento de cerca de 2 metros de altura e pesando mais de 130 quilos puxou sua Uzi enquanto andava pesadamente em direção à porta e abriu-a.

Logo começou a carnificina.

. . .

Jana Dragana acordou no Hospital Bellevue na manhã seguinte e imediatamente entrou em pânico. As memórias do caos da noite anterior inundaram sua mente, mas o susto maior foi o fato de que ela não tinha como pagar por quaisquer despesas médicas em que estava incorrendo.

"O que--- o que estou fazendo aqui?" exclamou ela enquanto uma enfermeira e uma médica rapidamente registravam suas respostas numa prancheta. "Fui trazida aqui sem saber, não tenho dinheiro para pagar!"

"Está tudo bem, Sra. Dragana", assegurou-lhe a enfermeira. "Nós vamos cobrar da conta do Sr. North com a Player Productions ou possivelmente de uma das suas muitas outras contas de seguros. Se eles negarem o pedido, pode ter a certeza que o Hospital lhe fornecerá um plano de pagamento conveniente e acessível."

"Sra. Dragana, você está atualmente inscrita em algum programa de desintoxicação ou procurando tratamento para dependência de narcóticos?" A médicaestava hesitante. "Apenas pergunto porque os paramédicos tiveram muita dificuldade em sedá-la. Na maioria das vezes isso acontece devido a uma alta tolerância a drogas que somos obrigados a mencionar antes de sua liberação."

"Não, não, não tem nenhum problema", os olhos de Jana dispararam ao redor do quarto. "Desejo sair imediatamente. Peço que as minhas roupas e bens pessoais sejam devolvidos de imediato."

"Claro, Sra. Dragana", respondeu a enfermeira enquanto a médica saía da sala. "Você tem uma visita que insiste em vê-la, um Sr. Lurgan."

"Certamente", Jana conseguiu responder

enquanto a enfermeira retirava a roupa de um armário com cortinas. "Deixe ele entrar."

Steve Lurgan veio até a cama dela assim que a enfermeira lhe permitiu a entrada. Ele era um homem musculoso, de altura média, empacotando 85kg em um corpo de 1,80 m. Ele tinha cabelo preto ondulado, olhos azuis penetrantes e um maxilar proeminente. Ele tinha uma beleza rústica e sempre fora visto favoravelmente por Jana, que o teria aceito como namorado se suas aspirações e vícios não tivessem complicado sua vida.

"Você está bem, Jana?" foram as suas primeiras palavras.

"Sim, eles vão me liberar em breve", ela deu-lhe uma palmadinha nas mãos enquanto seguravam as dela. "Estarei de volta ao apartamento daqui a uma hora mais ou menos, vamos tomar café, ok?"

"Tá certo, parceira", ele bateu-lhe na mão antes de se levantar para sair. " Vejo você em casa."

A mente de Lurgan estava cheia de apreensão enquanto caminhava pelo corredor em direção aos elevadores que o levariam ao nível do chão e a saída da First Avenue na Lower Manhattan. Ele estava seriamente apaixonado por Jana e tinha agonizado por sua lenta queda no vício em crack e sua terrível associação com a organização de North. Ele sabia que não tinha o direito de interferir nos assuntos pessoais dela e qualquer liberdade que tomasse poderia, justificadamente, resultar na perda permanente da amizade dela. Ele só poderia amá-la à distância e esperar que talvez um dia sua lealdade pudesse levar ao reconhecimento e a um vínculo um pouco mais substancial.

"Sr. Lurgan?" Ele ouviu uma voz familiar chamá-lo por trás. "Sr. Lurgan."

"Agente Lucic", Steve reconheceu-o quando o viu. "Como posso ajudar?"

"Bem, eu não quero estragar o seu dia", o oficial loiro e musculoso andou até ele, "mas eu gostaria de ter alguns minutos do seu tempo. Poderíamos caminhar até o Starbucks?"

"Você deve saber que a minha amiga Jana vai ser liberada dentro de pouco tempo. Eu combinei de encontrar com elano apartamento. Você acha que poderíamos fazer isto em um momento melhor?"

"Eu poderia te levar para centro da cidade se fosse preciso. Olha, esquece o Starbucks. Você deve saber que venho observando você há algum tempo. Como é que a Jana Dragana se envolveu no seu negócio?"

"O meu negócio", Steve passou pelo meio-fio onde o carro em que Lucic estava encostado se encontrava estacionado. "Gostaria que me explicasse exatamente o que você acha que é o meu negócio."

"Por favor, Steve", Darko Lucic balançou a cabeça, olhando para o céu azul acima da linha do horizonte de Manhattan. "Peguei você em dois dos três homicídios recentes onde as vítimas foram mortas sob o mesmo *modus operandi*. Você sabe quem soltou os cães e tem que me dizer. Se isso escapar do meu controle, quem sabe onde vai parar? Com toda essa merda de terrorismo acontecendo esses dias, você pode acabar em Guantánamo ou outro lugar sujo."

"Cães", Steve atirou as mãos para cima, perplexo. "Agente Lucic---"

"Darko."

"Certo, Darko. Do que você está tentando me culpar? Eu não tenho um cão, nunca tive. Não sei nada sobre cães, eu vivo num apartamento."

"Vá, Steve", Lucic massageou suas têmporas. "Você facilita as coisas para mim, eu facilito as coisas para você. Já tive traficantes de drogas sendo rasgados por algum cão três vezes desde o início do ano passado. Por acaso foi mais ou menos na época em que você voltou para Nova York, depois de vir da Europa Oriental. O primeiro incidente correu muito bem, sem erros. Da segunda vez, um dos meus ratos drogados viu você se afastando do local do crime. Da terceira vez você é visto de novo, boto um pouco de pressão e você me dispensa. Agora, aqui estamos. Eu tenho um motivo, essa garota que você quer pegar está sendo pressionada pelo Kane North para fazer as vontades dele e de seus amigos. Eles são despedaçados por um cão, e aqui estamos com você visitando a única sobrevivente do massacre. Você é um correspondente de guerra, Steve. Coloque-se no meu lugar por um minuto. Se você fosse eu, para o que estaria olhando?"

"Como posso saber, Darko? Quer que eu faça o seu trabalho por você? Eu não sou um adestrador de cães. Talvez alguém ande por aí fazendo movimentos contra traficantes de droga e incitando cães sobre eles. Talvez eu esteja no lugar errado na hora errada. Faça o que você acha que tem que fazer, mas, perdão pelo trocadilho, você está latindo para a árvore errada."

"Certo, você quer jogar duro. A sua amiga Jana é uma viciada em crack. Pode ir correndo para ela e ela pode acusar uma violação HIPAA, mas depois você e eu vamos para o ringue e você vai perder. Eu volto contra ela e você sabe que ela vai escorregar e cair em algum ponto. Não podemos ter justiceiros correndo soltos por ai, incitando cães a atacarem traficantes, independente da nobreza do seu objetivo. Você passou por maus bocados na Bósnia, sabe como se joga o jogo. Talvez você tenha voltado aqui e pensado que podia aplicar as suas habilidades nas ruas de Nova York. Não vai acontecer, Sr. Lurgan. Eu sou da Sérvia, os meus parentes sofreram e morreram durante o conflito. Já vi o que acontece quando as pessoas fazem justiça pelas próprias mãos, e não vou ficar parado vendo isso acontecer aqui."

"Eu concordo com você, Darko. Sou cem por cento a favor disso."

"Eu tenho pelos de lobo no local dos crimes, Lurgan", Lucic rosnou para ele. "Tenho zoólogos verificando que as marcas de mordida nas vítimas eram de lobo. Alguém que você conhece treinou lobos para despedaçar traficantes nestas cenas de homicídio. Eu não tenho mais simpatia por traficantes do que você tem, especialmente aqueles que estão arruinando as vidas de mulheres como Jana Dragana. Ainda assim, há uma lei que governa esta nação, uma lei que protege e defende o nosso povo, uma lei que não podemos suspender a nosso critério. Jurei defender essa lei, e essa lei não prevê que justiceiros atirem lobos contra traficantes. Você precisa me dizer quem está por trás disso para que eu possa garantir que isso não aconteça novamente."

"O que posso dizer é que me preocupo muito com a Jana", insistiu Lurgan. "Não preciso que diga isso para ela, só espero que o reconheça. Não sei nada sobre o que você e os seus colegas inventaram sobre o que eu faço e aonde eu vou. Ando muito, faço longas caminhadas à noite, é apenas quem eu sou. Não há nenhuma lei contra as pessoas que andam pela cidade, não é? Se eu tentasse dizer para você onde ando e quando ando, você provavelmente tentaria me mandar para Bellevue."

"Já passei por isso", Lucic concordou. "Estou tentando considerar isso, mas esse último caso é muito difícil de ignorar. Pense nisto: se os aliados do North descobrirem que ele e os seus guarda-costas foram atacados por alguém e pensarem que a Jana teve algo a ver com isso, o que você acha que acontece a seguir?"

"Não vai acontecer", Steve foi inflexível. "Isso nunca vai acontecer."

"Olhe, podemos colocar ambos no serviço de proteção a testemunhas. Temos muitas escolhas.Só me diz quem tem o lobo e nós podemos acabar com isto. Se eles não mataram nenhum civil, talvez possamos dar a eles a opção de sair da cidade. *Você* não tem muitas escolhas. Se acontecer de novo, vou colocar pressão na sua namorada.Vou usar ela para chegar até você e não me importo se você contar para ela o que eu disse. Vou colocar mil olhos em cima dela, e quando ela cheirar sua próxima carreira, vamos levá-la para o centro de detenção. Ela não vai aguentar e vai quebrar por sua causa."

"Você está completamente errado, Darko", insistiu Steve. "Eu vou ficar em casa vendo televisão pelo próximo mês, você pode enfiar os seus lobos no rabo. Você está procurando por pistas e não tem merda nenhuma. Eu vi isso na Bósnia, quando eles não têm nada, eles inventam alguma coisa. Não te vou dar nada. Pode colocar seus ratos bem na minha varanda, eu não dou a mínima."

"Certo, e como é que os seus amiguinhos vão fazer e acontecer?" Darko disse atrás dele enquanto Steve caminhava em direção ao metrô. "Você vai se transformar num lobo?"

Steve foi embora sem palavras, a segurança de

Jana Dragana como uma preocupação avassaladora na sua cabeça.

CAPÍTULO DOIS

O pesadelo começou para Steve Lurgan no Kosovo por volta de 1999. Ele estava investigando rumores em torno das montanhas Sar ao longo da fronteira albanesa, onde foi noticiado que as tropas do UÇK haviam levado cidadãos sérvios para suas mortes. Circulavam rumores ainda mais horríveis de que o UÇK tinha laboratórios secretos situados ao longo da cordilheira, onde os sérvios eram fatiados pelos seus órgãos e partes do corpo.

Steve nasceu em Queens, Nova York, mas viajara várias vezes para a Irlanda ao longo da sua vida para passar os verões com os avós. Ele desenvolveu um amor por viagens e foi levado para o continente pelos seus parentes ao longo dos anos. Quando se formou em jornalismo na Universidade de Dublin, ele já havia visto quase todas as principais cidades da Europa Ocidental. Ele tinha o desejo de ver o resto do continente e aceitou um emprego como fotojornalista para realizar seu sonho. Somente quando a guerra eclodiu na Sérvia, nos anos 90, ele descobriu que poderia ganhar mais dinheiro vendendo suas fotos a quem oferecesse o lance mais alto em vez de prendersea uma editora. Decidiu tornar-se autônomo e isso lhe deu mais liberdade do que nunca.

A Guerra da Sérvia parecia refletir os Conflitos na Irlanda do Norte, mas pior. As tensões raciais e religiosas haviam fervido na região durante séculos desde a dinastia dos turcos otomanos, esfriando esporadicamente apenas para ferver de novo. Os cristãos haviam lutado para encontrar seu lugar nas regiões montanhosas ao longo da Península Balcânica, e à medida que cresciam com o apoio de companheiros cristãos na Europa Ocidental, os muçulmanos se encontravam na parte baixa da escala econômica. Os antigos ilíricos deram lugar aos eslavos do século VI, seguidos pelos albaneses no século VIII e pelos búlgaros no século IX. Os sérvios haviam assumido o controlo do Kosovo até serem expulsos pelos otomanos em 1389 e os turcos governaram a região até 1913, quando foi reocupada pela Sérvia.

Em 1918, o Kosovo tornou-se parte da Federação Iugoslava e a região ficou atirada aos ventos da guerra até os dias de hoje. Steve havia passado toda a década de 90 na Sérvia e se apaixonou pela terra e pelo seu povo. Foi durante a época da Revolução Grunge nos EUA, e ele se encantou em trazer o novo som para os adolescentes sérvios. Nirvana, Pearl Jam e REM estavam entre seus favoritos, e Steve adorou o fato de as tropas do Exército Sérvio estarem tocando as músicas em seus caminhões blindados enquanto patrulhavam a pitoresca paisagem rural.

A primeira lembrança de Steve dos rumores começou num restaurante sérvio no Kosovo, onde ele estava almoçando com Gunter Schenck da Reuters e Karen Jones da Associated Press. Eles viram quatro homens chineses de cara fechadavestindo preto e desfilando feito gângsteres, olhando ameaçadoramente para os outros fregueses antes de caminharem até o bar e pedirem bebidas.

"Esses caras são más notícias, Steve", Gunter avisou-o. "É o tipo de gente que você quer esquecer que já viu alguma vez. Igual os senhores das drogas na Colômbia, reis da terra."

"Sim, mas estamos no Kosovo", Steve continuou olhando até que fizeram contato visual, depois sorriu e olhou de volta para Gunter e Karen. "Longe da China."

"O problema é que eles estão negociando no mercado negro com o Exército de Libertação do Kosovo", explicou Gunter. "Já ouviu falar dos chineses que recolhem órgãos para operações de transplante? Bem, esses caras são negociantes de peças sobressalentes, se é que você me entende."

"Você tem que estar brincando comigo!" Steve exclamou. "Você está sentado aqui me dizendo isso e não está tentando ganhar um Pulitzer com essa história? Raios, estou aqui há quase dez anos e ainda não ouvi nada sobre isso."

"Isso é porque gosto de cobrir notícias no Kosovo, comer comida exótica, beber vinho fino, almoçar com correspondentes bonitas e viver e respirar especialmente", Gunter piscou o olho para Karen. "Rastrear psicopatas nas montanhas Sar seria tão suicida quanto caçar traficantes de drogas na Amazônia. Até os melhores de nós sabem onde traçar limites."

"Aqui não é a Amazônia, Gunter", Steve bebeu o seu *raki*. "Tem muita gente vivendo naquelas montanhas cujos antepassados vivem lá há séculos. Uma coisa que aprendi sobre a Europa é que, basicamente, as pessoas comuns são as mesmas em todo lugar. São pessoas boas que não se importam de ajudar os viajantes. Acho que não faria mal nenhum subirmos de carro e darmos uma olhada por aí. Se eles têm alguma razão para estarem assustados ou guardarem segredos, então você tem uma história ali que abre portas paramais pessoas investigarem."

"Sabe, ele tem razão", Karen, uma morena de olhos azuis adorável, concordou. "É nojento pensar que alguém poderia estar tirando vantagem de uma zona de guerra como essa. As Nações Unidas têm gente por todo o país e deviam saber se há algo que precisa ser investigado. Acho que devíamos ir lá em cima dar uma olhada. A maioria dos pontos de entrada na Bósnia estão bloqueados no momento, já estamos sentados sem fazer nada."

"Não se pode discutir com uma mulher bonita, todos sabem disso", Gunter, um alemão loiro de Hannover, riu-se enquanto dava uma dentada no seu *sudzuk*. "Muito bem, então vamos terminar aqui e fazer o passeio panorâmico. Lembrem-se, se virmos algo que se pareça remotamente com tropas armadas, saímos de lá mais depressa do que se pode dizer 'doador de órgãos'."

Eles terminaram a refeição e decidiram ir até Gusinje, na fronteira de Montenegro. Era uma cidadezinha rústica aos pés das Montanhas Malditas e não recebia muitos turistas ou forasteiros devido a sua localização remota. Eles viram um pastor cuidando de um rebanho de cabras não muito longe dos limites da cidade ao longo de uma nascente e encostaram para conversar. O homem falava sérvio assim como os três estrangeiros.

"É muito melhor limitar a sua visita à cidade",

aconselhou-lhes o velhote. "Eles não chamam aquela serra de Prokletije por nada. As histórias dizem que ela foi criada pelo próprio Diabo. Não há nada além de geleiras e labirintos de calcário naquela direção, juntamente com lobos e outros animais perigosos. Se você se perder e não conseguir achar seu rumo até o anoitecer, talvez nunca mais volte. Há um lobo demônio naquelas montanhas que desenvolveu um gosto pelo sangue humano. Ele só sai à noite, quando sabe que não pode ser capturado. Até os rebeldes o temem."

"Então você sabe que o Exército de Libertação do Kosovo está naquelas montanhas", pressionou Gunter. "Ouviu rumores de que eles fazem reféns e os mantêm prisioneiros lá em cima?"

"Não faria sentido", respondeu o velhote. "Por que é que alguém levaria reféns para uma área onde nem sequer poderiam se defender?"

Os jornalistas se despediram do velho e seguiram na direção geral de Gusinje até que Gunter virou na direção de uma estrada íngreme.

"Ok, pessoal", Gunter decidiu, "Acho que estamos prestes a encontrar algo grande. Se conseguirmos encontrar vestígios do UÇK aqui em cima, podemos conectar a superstição local aos rumores do mercado negro de órgãos e obter o suficiente de interesse humano para colocar nossos nomes neste mapa. Meu palpite é subirmos e darmos uma olhada em volta. Se virmos algo que pareça remotamente uma unidade militar, o Steve tira uma foto e eu e a Karen fazemos o resto."

Eles subiram a colina e se encontraram em um pico com vista para um vale coberto, acessível apenas junto a um caminho rochoso que serpenteava por um barranco de pedra calcária. Havia água escorrendo das geleiras e espalhando-se pela trilha como riachos prateados. Gunter parou seu jipe, preocupado com o destino final desta estrada sem sinalizações.

"Não sei, talvez devêssemos sair e dar uma olhada", decidiu ele.

Ele estacionou a caminhonete e eles começaram a vaguear pela trilha de calcário. Os três não sabiam, mas o velho era um vigia dos rebeldes do UÇK, cuja base estava localizada na área. Ele ligou para os guerrilheiros assim que os repórteres partiram, e eles foram, por sua vez, alertados por toda a vizinhança. Quando os três jornalistas chegaram a meio caminho pela ravina, eles se viram cercados por fuzileiros que apareceram ao longo das bordas rochosas por todos os lados.

"Mãos no ar! Estão cercados!" Um homem gritou com sotaque albanês.

"Nós somos jornalistas, não disparem!" Gunter gritou, e eles não o contrariaram. "Viemos do Kosovo para cá. Estávamos investigando rumores de um lobo gigante na área."

"Achamos que vieram aqui por algo totalmente diferente", o líder deu um passo adiante, sua AK-47 apontada para eles. "Talvez possamos ajudar a encontrar o que vocês procuram."

"Deixei as chaves no jipe", Gunter murmurou para os outros. "Se corrermos, um de nós pode voltar à cidade e chamar a polícia. As unidades do Exército Sérvio do General Mladic estão estacionadas logo na saída do Kosovo. Se eles descobrirem que esses caras estão aqui, eles virão com tudo que têm."

"Não podemos!" Steve insistiu. "Se começarem a disparar, podem atingir a Karen!"

"Ok, Karen, você fica aqui e nós corremos para pedir ajuda!" Gunter estava pronto e decidido.

"Até parece!", ela sibilou. "Você não vai me deixar aqui para ser cortada para um mercado de órgãos!"

"Corre!" Gunter exclamou.

Eles se viraram e correram desesperadamente colina acima, surpresos e aterrorizados pelo som de fogo automático atrás deles. Steve sentiu uma dor escaldante no seu tríceps esquerdo, seguida de um impacto ardente contra o ombro direito, antes de uma sacudida na sua coxa direita que o atirou ao chão rochoso. Ele olhou em volta e viu Karen a sua esquerda e Gunter a sua direita. Eles estavam deitados de cara para baixo e não se mexiam.

"O do meio ainda está se movendo", gritou o líder em albanês. "Tragam-no conosco. Vá buscar o veículo deles e atire os outros dois para dentro, dirija-o de volta para a base."

A dor já era excruciante e Steve gritou involuntariamente enquanto eles o agarravam debaixo de cada braço e começavam a arrastá-lo. Ele coxeou o melhor que pôde enquanto uma dúzia deles convergia para a trilha de calcário adiante, e ele foi puxado para o meio do grupo enquanto eles se aprofundavam na ravina.

"Os jornalistas que eles enviam para este país são tão imprudentes quanto estúpidos", proclamou o líder aos seus camaradas. "Nós colocamos pessoas em posição para desencorajar esses tolos de correrem para sua ruína, mas eles insistem em ir exatamente aonde lhes é dito para não ir! Até mesmo lendas de demônios não podem dissuadi-los de ir para a morte. Tudo que podemos fazer é usar suas câmeras para tirar fotos que eles nunca irão revelar, e enviá-las para editoras que nunca mais ouvirão falar desses pobres tolos!"

A mente de Steve acelerava enquanto ele pensava em como escapar desta armadilha e enviar uma mensagem às forças do General Mladic perto do Kosovo. Ele sabia que estava ferido, mas sentia que poderia ao menos voltar para Gusinje se conseguisse escapar. Assim que o levassem de volta para a base deles, tudo estaria acabado. Eles haviam atirado nos três sem sequer tentarem apanhá-los. Sem dúvida, eles também iriam assassinar Steve, e possivelmente levariam-no a algum lugar para extrair seus órgãos vitais e vendê-los aos gângsteres chineses no Kosovo. As coisas pareciam perdidas quando se aproximavam da caverna logo adiante.

Ele estava tonto com a perda de sangue e não sentia que poderia ir muito mais longe. Ele estava prestes a falar quando os ouviu gritar e berrar a sua volta. Ele pensou que eles estavam importunando-o, mas percebeu estalos e estouros como galhos de árvores partindo-se ao longo dos lados da ravina. Os dois homens que o arrastavam deixaram-no cair no chão, e ele cobriu a cabeça o melhor que pôde enquanto um tiroteio o rodeava. Ele ouviu homens gritando e morrendo, mas tudo pareceu terminar tão repentinamente quanto começou quando os emboscadores desceram apressados das rochas.

"Esse aqui está bem baleado", um dos atiradores disse de volta para os outros depois de rolar Steve para cima. "Ele estava sangrando antes de chegarmos aqui."

"Tem dois corpos no jipe que interceptamos", ouviu outra voz em sérvio do outro lado da colina. "Também tem alguns equipamentos de câmera."

"Verifique os bolsos dele", o líder desceu da colina com vista para a ravina. "Ele deve ser um repórter que veio aqui com os outros dois."

O atirador perto de Steve vasculhou seus bolsos e entregou sua carteira ao líder. O homem passou os olhos por seu conteúdo impassivelmente antes de se aproximar.

"Eu sou o Capitão Evilenko", ele se apresentou quando Steve foi colocado sentado. "Fui designado para caçar a companhia UÇK que protege essa área. Suspeitávamos que eles tinham alistado os agricultores e pastores locais como vigias. É por isso que eles conseguiram nos evitar esse tempo todo. Quando os homens aqui falharem em reportar, a unidade principal saberá que foram interceptados. Teremos de montar acampamento aqui e esperar que avancem contra nós."

"Venha", apareceu um sargento. "Vamos ajudar a cuidar de suas feridas e te dar comida e água."

"O que---o que vai acontecer com os meus amigos?"

"Somos uma unidade de campo, não podemos abandonar este setor", respondeu Evilenko secamente. "Infelizmente, vamos ter de enterrar seus amigos aqui para que os animais selvagens não cheguem até eles. Se enviássemos homens de volta à aldeia, eles seriam reportados ao inimigo, tal como vocês foram."

Steve observou os soldados largando as mochilas e colocando-as à volta da ravina, enquanto outros arrastavam os mortos do UÇK para a caverna. Os atiradores subiram a colina e montaram posições com vista para a área arborizada para além do campo onde estavam montando seu acampamento. Um socorrista se aproximou e cortou os braços da camisa com uma baioneta, depois cortou a perna da calça antes de injetá-lo com morfina. Steve logo foi para o mundo da lua quando o médico começou a extrair balas do seu corpo e, eventualmente, caiu inconsciente.

Ele despertou para um frio amargo conforme a noite tinha caído sobre a encosta da montanha. Ele viu uma série de pequenos incêndios cobertos por ponchos suspensos em galhos de árvores para diminuir a visibilidade à distância. Seus braços e pernas estavam entorpecidos por uma dor lancinante e ele estava com muita fome. Os soldados próximos viram ele se movendo e rapidamente notificaram o Capitão Evilenko.

"É bom ver que você recuperou a consciência", Evilenko sorriu. "Temos discutido a sua situação e descobrimos uma forma em que você poderia nos ajudar."

"Como é que posso ajudar?" Steve perguntou-se enquanto agradecia a um dos soldados por uma xicara de café quente e uma tigela de ensopado.

"Acreditamos que os rebeldes têm mais um vigia do outro lado da caverna que leva ao vale, onde acreditamos que eles montaram seus depósitos subterrâneos", explicou Evilenko. "Você e seus amigos vieram aqui para investigar os rumores de que a guerrilha fez prisioneiros para matá-los e tirar seus órgãos, não foi isso?Nós também fomos enviados para cá por isso. Eles vão esperar por uma unidade militar, mas desconfiarão muito menos de um homem sozinho. Vamos escoltá-lo até uma área onde esperamos que estejam patrulhando, e assim que se moverem contra você, destruiremos eles."

Steve resignadamente pegou uma pistola que lhe

deram e voltou para a caverna aonde tinham arrastado os corpos dos soldados do UÇK há apenas algumas horas. Era quase meia-noite e a única luz vinha da lua cheia, que brilhava sobre sua cabeça e refletia-se na pedra calcária ao longo da ravina. Ao entrar na caverna, ele pôde ver que as paredes também estavam cobertas por calcário, e o molde o fez parecer incandescente quando ele viu os corpos dos mortos empilhados em cada lado. Quase como uma ideia tardia, ele abriu o cilindro do revólver que lhe fora dado e viu que estava carregado com balas prateadas.

Coxeou mais de 1,5 km na perna ruim e quase desistiu. Ele tinha visto dois dos seus amigos mais próximos serem assassinados há poucas horas e foi baleado. O café e a tigela de ensopado não tinham feito muito efeito e ele ainda estava fraco por causa da perda de sangue. Suas feridas estavam ardendo novamente e cada um de seus membros feridos pareciam ter sido pisados. Ele arrastou os pés ao longo da trilha de calcário, sem saber ou se importar se ele se depararia com o UÇK ou se seria apanhado num fogo cruzado entre as unidades opostas.

De imediato ouviu um rugido abafado, quase como o de um leão num circo. Ele parou, olhando para a escuridão nebulosa da pista sombreada de árvores adiante. Ele sabia que tinha balas suficientes para matar um animal selvagem, mas seria menos uma para se defender contra o UÇK, como se um revólver fosse suficiente para se defender contra espingardas automáticas. Ele se adiantou suavemente, esperando que os sérvios estivessem atentos o suficiente para intervir se ele fosse atacado por uma besta selvagem.

De repente, ele viu o que parecia ser um lobo gigante emergindo das sombras a sua frente. Era difícil dizer, mas a sua cabeça parecia tão alta quanto a altura do chão até os ombros de Steve. Era de um tamanho enorme, possivelmente cerca de 300 quilos de músculo e osso. Seus olhos eram como brasas ardentes e suas presas como punhais de marfim enquanto olhava diretamente para Steve. Ele se abaixou e se apoiou em uma mão, congelado no lugar com o revólver pronto e apontado diretamente para a besta monstruosa. Ele esvaziaria a pistola no alvo quando estivesse prestes a pular nele, e o que restasse dele seria o que o UÇK poderia fazer proveito.

O lobo gigante caminhou devagar, deliberadamente, e então começou a correr num instante, avançando e saltando em Steve, que começou a apertar o gatilho quando o grande impacto varreu-o para o esquecimento.

"Ainda está conosco, filho?"

Steve abriu os olhos e viu um soldado sentado ao seu lado. Ele estava em uma cama, presumivelmente em um hospital, e ficou um pouco surpreso que tubos não estavam correndo de todos os buracos em seu corpo. Ele ficou ainda mais surpreso que todas as suas dores tivessem desaparecido, o que o fez pensar que ele estava ali há muito tempo. Ele viu o capacete genérico da ONU na cabeça do homem, reconheceu o sotaque americano e o que Steve considerava ser a insígnia da NWO [1] no ombro.

"Onde estou? Há quanto tempo estou aqui?"

"Você está no Hospital Principal de Pristina", respondeu ele. "Sou o Capitão Jude Ryun, destacamento do Exército dos Estados Unidos com as Forças de Manutenção da Paz da ONU. Recebemos uma dica do Exército Sérvio que uma unidade do UÇK estava operando ao longo da área de Prokletije, perto de Gusinje. Avançamos até lá e encontramos você no meio de um campo de extermínio com dois esquadrões de homens do UÇK. Você era o único sobrevivente, coberto de sangue, mas sem um arranhão. Ainda estamos tentando descobrir o que aconteceu."

"A última coisa que me lembro é de caminhar pelo vale como uma ponta de lança para uma patrulha do Exército Sérvio", Steve sentou-se na sala em ruínas. A pintura estava rachada e descascando tanto nas paredes quanto nos móveis. "Eles tinham me resgatado de uma unidade do UÇK e me pediram para me juntar a eles para caçar o esquadrão principal. Eu encontrei um lobo na floresta e ele me atacou. Eu dei alguns tiros com a arma que me deram, e isso é tudo que me lembro."

"Encontramos o lobo", Ryun sorriu secamente. "O peito dele estava cheio de balas de prata. Acho que isso era o que estava por trás de todas as superstições naquelas montanhas. Não me parece que aqueles guerrilheiros do UÇK tiveram tanta sorte. Suspeito que a National Geographic vai estar em cima desse caso logo, logo. Parecia que uma matilha de lobos havia pegado aquela unidade rebelde e feito pedacinhos dela. Mas estranhamente, a única carcaça que encontramos foi a que você matou. Não posso dizer que alguém esteja chateado com a forma como aconteceu, mas é a coisa mais estranha."

"Você encontrou os... corpos dos meus amigos?"

"Sim, os sérvios entregaram-nos juntamente com o jipe. Temos o seu equipamento fotográfico lá em baixo, pode ir buscá-lo quando sair. Os corpos dos seus amigos e pertences pessoais serão enviados de volta para as suas famílias. Sinto muito por tudo isso."

"Eu também", disse Steve discretamente.Ele deixou o hospital em estado de confusão, atônito por seus ferimentos de bala terem desaparecido por completo. O pessoal médico relatou que ele estava em perfeitas condições, excluindo a exposição aos elementos e a exaustão. Ele se preparou para voltar para Nova York, e foi nessa mesma noite que os pesadelos começaram.

Ele sonhou com aquela noite no vale, caminhando pelo caminho iluminado pela lua, e sendo atacado pelo lobo gigante. Só que, depois que ele descarregou sua arma na besta, ela afundou seus dentes no pescoço dele e de alguma forma transferiu seu espírito para dentro dele. Ele ouviu os gritos e berros do número incalculável de vítimas da besta reverberando pelo bosque, uivando como banshees enquanto eles corriam através das mandíbulas do lobo para a própria alma de Steve. Ele se libertou e começou a rastejar, apenas para acabar transformando-se na forma da própria besta. Ele não conseguiu resistir ao impulso de arrancar as roupas do corpo com os dentes, e de repente começou a uivar incontrolavelmente, celebrando a liberdade do seu espírito tanto quanto uma necessidade insaciável de conquista. Ele precisava sair noite adentro e estabelecer seu domínio sobre os lugares sombrios, para reivindicar seu lugar como senhor e mestre das coisas selvagens.

Eram sonhos espantosos, do tipo que se tem de acordar para acreditar que não tinham realmente acontecido. No entanto, quando ele acordava, era tudo muito perturbador, quase como se acordasse de um apagão alcoólico com a terrível constatação de que aconteciam coisas que não conseguia lembrar-se. Depois de um tempo ele percebeu que elas estavam acontecendo durante o ciclo da lua cheia, e ele estava desmaiando logo após a lua atingir seu ápice no céu noturno. Ele começou a ficar em casa e se trancou em seu quarto naqueles momentos, mas os pesadelos continuavam a repetir-se e ele não se atrevia a pedir ajuda a ninguém.

Foi mais de uma década depois quando ele conheceu Mirjana Dragana. Foi nessa altura que ele percebeu que podia aproveitar o poder.

Foi então que ele percebeu que podia retribuir o mal com o mal.

CAPÍTULO TRÊS

"Foi absolutamente horrível, Steve!" Jana chorou enquanto eles se sentavam na pequena mas aconchegante sala do apartamento dela na Prince Street, no final do corredor do apartamento dele. "Nunca esquecerei o que vi. Os gritos vão estar comigo enquanto eu viver!"

"O que é que você viu?", perguntou ele. Ela estava derrubada por tranquilizantes desde o seu regresso do hospital, e foi na noite seguinte que ela telefonou e pediu-lhe para ir até lá. Ele viu que ela estava chorando e adivinhou que ela provavelmente tinha tomado sedativos para ajudar a acalmar tanto seus nervos do incidente quanto sua abstinência de cocaína.

"Era um cão, mas muito maior", ela limpou os olhos avermelhados com um lenço. "Era ainda maior que um lobo. Eu sei como as coisas se misturam e nossas mentes pregam peças na gente em momentos de estresse. Tenho muita experiência com isso por conta da guerra na Sérvia. Mas eu vi coisas que não posso negar."

"Como o quê?", perguntou ele gentilmente.

"A... a besta, ficou em pé nas pernas traseiras como um homem", ela se concentrou muito, tentando se lembrar de todos os detalhes. "Ela quebrou a porta como um homem faria, mas entrou na sala como um animal, sob quatro patas. A criatura correu diretamente para o Kane, e mesmo que seus amigos tivessem tirado as pistolas e disparado contra ela, as balas pareciam não ter efeito. Eles estavam atingindo o animal, mas não conseguiram detê-lo. As balas não estavam passando, estavam penetrando mas sem efeito."

"Todos eles tinham armas? Atiraram todos no lobo?"

"Sim, atiraram, o tapete estava coberto de cartuchos", disse ela com um sotaque sérvio suave. "Deve ter havido mais de sessenta tiros disparados em minutos. Mas o animal saltou no Kane e arrancou a garganta dele com uma dentada. Foi como uma armadilha de aço, não parecia real, nada disso. Ele se virou e saltou para o próximo homem, depois para o próximo. Aconteceu tão rápido que ninguém teve tempo de reagir. Você já viu como os animais reagem rápido na natureza; foi como o que aconteceu naquela sala. A besta correu de uma pessoa para a outra como se estivesse rasgando carne dos ganchos de um açougue. Não havia como combatê-la, ela era forte como um urso."

"Para onde foi?" Steve perguntou. "Ela sabia que você estava na sala?"

"Correu de volta porta afora. Não havia como eu ter visto para onde foi, fiquei congelada de terror. Eu me lembro que ela olhou diretamente para mim, e posso te assegurar que foi como olhar nos olhos do Diabo. Era como os olhos de uma serpente, só que eles brilhavam vermelhos como se estivessem em chamas. Também tinha presas como uma serpente, só que elas eram como lâminas, e pingando com o sangue daqueles homens que matou. Suas mandíbulas, seu peito, suas patas e pernas estavam cobertas de sangue. Olhou-me nos olhos quase como se me conhecesse. Foi o momento mais longo e aterrador da minha vida. Ele apenas olhou como se estivesse tentando se comunicar comigo, e de repente virou e correu pela porta, e se foi."

"Que perguntas a polícia fez? Deram alguma ideia sobre o que procuravam? Todos os jornais diziam que havia sinais de um cão de ataque solto na sala."

"Isso é quase uma piada, uma piada terrível", ela abanou a cabeça. "Um cão sozinho não podia ter feito tal coisa. Além disso, os cães precisariam ser à prova de bala. Essa foi a pior parte de todas. Eles agiram como se eu estivesse mentindo ou estivesse histérica o tempo todo. Tinha um cara, um detetive, ele era sérvio e tentou ser condescendente. Sabe, tentando falar comigo em sérvio, mas ele tinha passado muito tempo sem falar e ficou parecendo como um tolo. Acabamos falando em inglês, e ele me perguntou tudo sobre a besta. Ele gravou a conversa no seu gravadorzinho e tomou notas no seu bloco, depois foi embora. Fui levada do prédio direto para o hospital, e eles não me deixaram sair até esta manhã."

"Você lembra do nome dele?"

"Era Darko qualquer coisa. Tenho certeza quecoloquei o cartão dele em algum lugar por aqui."

"Darko", Steve suspirou levemente.

"Você conhece esse cara?", perguntou ela.

"Eu já me encontrei com ele algumas vezes",

Steve assentiu. "Você se lembra de como eu disse que estava trabalhando perto do Kosovo durante a guerra? Bem, eu tive bastante contato com o UÇK enquanto estive lá. Não sei o quanto você ouviu sobre as atrocidades que os muçulmanos estavam cometendo ao longo das Montanhas Malditas perto do oeste de Kosovo."

"Eu vivi lá durante a guerra, Steve", ela sorriu ironicamente. "Receio ter visto muito mais do que ouvi."

"Corriam rumores de que o UÇK estava levando cativos para laboratórios escondidos nas montanhas, onde eles eram assassinados para tirarem partes de seus corpos", disse Steve hesitantemente. "O UÇK estava colhendo os seus órgãos para transplantes, vendendo-os aos chineses. Eu tinha ouvido falar sobre isso e decidi investigar por conta própria. Eu recolhi provas, mas acabei atraindo a atenção das unidades do UÇK na área. Eles me caçaram e iam me matar, mas eu fui resgatado pelas unidades do Exército Sérvio sob o comando do Coronel Evilenko."

"Evilenko", ela arfou, com os seus lindos olhos cheios de trepidação.

"Você já ouviu falar dele?"

"Ele era conhecido como a Besta das Montanhas Negras, a *Crna Gora*", ela se encolheu com a memória. "É muito difícil explicar isso para pessoas de fora, pessoas que não são da Sérvia. É preciso lembrar que o povo desta região viveu lado a lado durante centenas de anos, mas há sempre aqueles que irão revirar antigas rivalidades sempre que uma velha ferida for reaberta. Houve tempos, na virada do século, em que os muçulmanos e os albaneses perseguiam os cristãos ortodoxos da região. Algumas das histórias eram terríveis, mas ninguém responsabilizava os descendentes dos culpados depois de tantos anos passados. Ninguém exceto pelos fanáticos que pessoas como Evilenko reuniram atrás deles. Eles alegaram que estavam vingando o assassinato do nosso povo, mas ficou claro que seu único propósito era roubar, matar e destruir."

"Eu vi o que Evilenko e os seus homens fizeram", disse Steve com pesar. "Eles nunca me deixaram tirar fotos do que fizeram. Eles mantiveram o meu equipamento com eles desde o momento em que me apanharam até o momento em que saí. Infelizmente, quando me libertaram, a minha câmera estava destruída e eu não tinha provas contra os traficantes de órgãos quando regressei aos Estados Unidos. De alguma forma, aquele detective Darko conseguiu uma pista sobre mim, e tem estado atrás de mim desde então."

"Você não acha que--- Ele veio atrás de mim por sua causa?"

"Não, acho que ele pegou você porque é sérvia", respondeu Steve. "Você sabe como a polícia faz armações usando seus semelhantes para obter informações. Eles provavelmente veem isso como um assassinato por drogas e queriam ver se você sabia alguma coisa a respeito."

"Porquê? Porque eles pensariam ---?" Ela ficou assustada.

"Eles são policiais, são pagos para investigar as pessoas", assegurou-lhe ele. "Houve um assassinato com cão há uns meses, estava em todos os noticiários, lembra? Eles não encontraram mais nada, por isso estão procurando pistas novamente. Tenho certeza que verificaram a sua história e viram que você estava lá a negócios. Por que outra razão estaria uma bela atriz como você no mesmo edifício que um asqueroso como o Kane North?"

"Bem, eu, uh..." Ela começou, tendo sido apanhada completamente desprevenida. "Acontece que o Sr. North era um dos maiores investidores no projeto do filme em que estive envolvida. Quando a produção foi cancelada, fiz uma série de perguntas e acabei por ser posta em contato com o Sr. North. Claro, eu estava ciente da sua reputação, mas também sei que muitos ex-traficantes de drogas foram capazes de investir o seu dinheiro em empresas legítimas e deram a volta por cima em suas vidas e fortunas. Eles dizem que é muito parecido com os contrabandistas do século passado aqui na América. Só estou tentando encontrar o meu próprio caminho, não estou em posição de julgar os outros."

"Eu não sei se eu colocaria Kane North ao lado dos Kennedy", Steve conseguiu um sorriso. "Eu só ficaria preocupado com alguém como você se associando a pessoas assim. Ele não parece ter a mais alta estima pelas mulheres. Ele produziu seus próprios discos, entre outras coisas, e muitas de suas letras eram quase misóginas em sua natureza. Acho que ficaria muito preocupado se você tivesse se tornado parte do círculo dele."

"Obrigada, Steve", ela baixou os olhos antes de olhar seriamente para ele. "Eu sei que você é meu amigo e que se preocupa comigo. Sabe, penso muito em ti e graças a Deus que tenho alguém como você vivendo ao meu lado, em quem posso confiar."

"Sempre que você precisar de alguma coisa, você sabe que é só pedir", ele respondeu calmamente. Ele sabia que estava se apaixonando por ela, mas não se atrevia a perseguir um relacionamento com ela. Ele sentia que ela era muito vulnerável emocionalmente, e que tinha muitas preocupações com sua dependência química para entrar em um relacionamento agora. Além disso, ele ainda vivia com a *maldição* e isso não era nada que ele ousaria lançar sobre alguém que amava.

Ele levantou-se da poltrona na qual estava sentado em frente a namoradeira dela e deu a volta na mesa de centro com tampo de vidro, enquanto ela se erguia para escoltá-lo até a porta. Ele segurou as mãos dela enquanto ela abaixava a cabeça timidamente. Ele sabia que ela estava esperando que ele tentasse beijá-la, mas ele soltou as mãos dela e caminhou até a porta.

"Vai dormir um pouco", ele sorriu para ela. "Você tem tido muitas preocupações nos últimos dias."

"Obrigada, Steve", ela sorriu de volta. "Boa noite."

Ela olhou melancolicamente para a porta muito depois de ele ter ido embora.

Era muito parecido com alcoolismo ou intolerância ao álcool. No início era um apagão total, depois do final do primeiro ano ele se lembrou de pedaços do que tinha acontecido. Ao final do quinto ano era como estar bêbado, quase sem controle de suas faculdades, perdendo e reganhando consciência. Nos últimos dois anos foi como conduzir bêbado, mantendo algum controle mas com muitos lapsos repentinos. Ele começou a levar o Amtrak para o Catskills em Nova York ou para o Poconos na Pensilvânia durante o ciclo da lua cheia, alugando uma cabana em áreas remotas durante o período.

Ele deixava o cão sair antes da meia-noite,

deixando uma chave e roupas de reposição escondidas fora da cabine e trancando a porta antes de sair para o bosque. Ele ia cada vez mais fundo, até onde pudesse, até a área mais isolada onde ninguém no seu perfeito juízo se aventuraria no escuro. Nos últimos anos, ele podia se lembrar da mudança e tirava suas roupas para que pudesse encontrá-las no dia seguinte e lembrar-se do processo.

A metamorfose em si era a parte mais difícil, como se estivesse entrando em choque insulínico. Ele caía torcendo-se em convulsões, experimentando a doença mais dolorosa. Pouco antes de ele não aguentar mais, ela tinha desaparecido. Ele se levantava de suas próprias cinzas como um ser supremo, incrivelmente poderoso, ágil e rápido, embora seu cérebro fosse como um bêbado que mal conseguia se lembrar de levantar seu copo da mesa. Ele corria como um menino percebendo sua adolescência, um dia capaz de correr e pular com músculos que ele não sabia que tinha. Ele corria e subia até onde nenhum outro ser ousava se aventurar, e quando chegava ao pico mais alto do penhasco mais íngreme, ele uivava para a Lua em exultação triunfante.

Ele descobriu que podia caçar durante a noite e muitas vezes se esgueirava para os acampamentos de maneira sorrateira. Era um jogo que ele jogava e nunca perdia, tocando num saco de dormir, colocando a cabeça numa tenda e até roubando comida sem que ninguém soubesse que ele estava lá. Aqueles que traziam cães eram os mais fáceis de evitar, pois seu cheiro deixava-os furiosos quando ele chegava a cem metros deles. Quando não havia cães, o seu próprio olfato era como um radar que podia detectar um humano naquele mesmo raio de cem metros.

Sua audição era igualmente aguçada, e demorou muito tempo para que ele superasse o sentimento avassalador de paranoia que vinha com a consciência de que ele estava completamente cercado por seres vivos. O discernimento veio com o tempo, e ele podia distinguir as criaturas perigosas dos roedores e da caça selvagem. Ele logo aprendeu que os ursos tinham uma atitude de "viva e deixe viver" para com ele, os leões da montanha o evitavam, e outros lobos o viam como uma ameaça mortal. Isso o encorajou muito, mas, mesmo em seu estado surreal de embriaguez, ele sabia que sua vida poderia ser ceifada por um homem com uma arma. Nisso, ele não era diferente de qualquer outra criatura da floresta.

O aspecto mais assustador foi o desejo de sangue, mais real do que qualquer outro que ele já tinha conhecido. Era como uma sede enlouquecedora, uma fome ardente após dias de jejum, uma coceira torturante que alguém rasgaria a pele para aliviar. Muitas vezes isso o fazia desmaiar, e quando acordava devorando uma pequena criatura, era como um homem esfomeado que se conformava com a comida cozida que havia caído no chão. Ele ficava aterrorizado ao pensar no que poderia acontecer se estivesse numa área povoada, como um motorista bêbado preso no meio de uma estrada de quatro faixas à noite durante um horário de pico.

Nos últimos anos, os seus momentos de clareza ajudaram-no a transformar alguns dos seus episódios absurdos em experiências memoráveis. Ele passou do voyeurismo em ver mulheres bonitas fazendo amor das sombras, para impedir estupros em encontros e até mesmo estupros coletivos. Ele ajudou em buscas por pessoas desaparecidas e até resgatou outras, ajudando a guiá-las ou a encontrar itens que facilitavam sua fuga. Foi então que ele percebeu que poderia usar o fenômeno para o bem, e ele só precisava ser criativo na canalização de seu recurso.

Ele aprendeu que a besta era invencível quando se deparou com bandidos que agrediam um jovem casal há apenas alguns anos, quando começou a se lembrar das coisas como se estivesse em pequenos videoclipes. Eles estavam carregando armas automáticas e abriram fogo sobre ele quando ele emergiu dos arbustos. Ele os tinha visto puxar o casal do carro estacionado, espancando o jovem antes de despir a garota e atirá-la nua sobre a grama. Ele começou a rosnar e grunhir das sombras, parando o ataque antes de revelar-se. Eles abriram fogo e ele rolou de medo, sentindo as balas rasgarem seu rosto e peito. Ele fugiu uma certa distância até perceber que não tinha sido ferido. Ele voltou e viu que os bandidos tinham fugido, deixando o casal para se reunir e agradecer a Deus que a criatura tinha vindo e salvo suas vidas.

Um dia, ele percebeu que a besta poderia muito bem ser uma bomba relógio colocada para detonar em um lugar maligno na hora marcada. Ele sabia que se encontrasse umrefúgio no seio da escuridão quando a lua cheia se levantasse, a fera iria emergir e eles não seriam capazes de resistir a isso. Ele pensou bastante sobre isso e fez muita pesquisa antes de chegar a uma decisão. Ele sabia que se a besta fosse capturada ou morta, o seu segredo seria revelado ao amanhecer, quando a possessão se desvanecesse dele. Ele já não se importava mais se viveria ou morreria, então ele aceitaria o que quer que acontecesse.

Ele havia pesquisado a possessão demoníaca assim que regressou do Kosovo para a América. Ele falou com padres católicos, depois cristãos evangélicos, e até mesmo *brujos* das seitas Santeria de magia negra entre o povo caribenho da cidade de Nova York. Todos lhe disseram que o demônio poderia ser exorcizado se ele acreditasse. Steve, um agnóstico, sabia que estava além da esperança, pois ele não acreditava. Ele sabia que tudo que podia fazer era viver com a maldição e fazer o melhor que podia. Levá-lo aos predadores e destruidores parecia a coisa lógica a se fazer.

Ele soube da gangue da 137th Street em East Harlem, entre os assassinos mais impiedosos do país. Eles controlavam o comércio de crack na área e mantinham a comunidade aterrorizada apesar dos esforços da polícia de Nova York para derrubá-los. Os tiroteios de carro estavam custando a vida de vítimas inocentes e o assassinato de uma estudante de seis anos levou Steve à ação.

Ele se vestiu de mendigo, pegando alguns trapos do Exército de Salvação na véspera do ciclo da lua cheia. Ele escolheu um gorro, um capuz, calças jeans desbotadas e botas de combate, sabendo que a besta as rasgaria no devido momento. Ele sabia que a besta poderia encontrar um refúgio e com sorte seria em algum lugar onde ele pudesse literalmente cobrir seu traseiro ao amanhecer. Ele esperou até o pôr-do-sol, pegando um trem para East Harlem e procurando por um lugar para se esconder perto das casas de crack. Havia um beco encharcado de urina e entulho onde ele encontrou latas de lixo para se sentar atrás. Ele fechou os olhos e entrou num estado dormente de meditação até que finalmente desmaiou.

Ele se viu debaixo da Ponte de Manhattan na manhã seguinte, perto de um acampamento de mendigos que estava abandonado no momento. Ele conseguiu pegar um par de meias, uma camisa e calças de uma das dezenas de cestos deixados pelos desabrigados que acampavam ali. Ele correu de volta para Soho com os pés doloridos, percebendo pela primeira vez como era ser um homem nas ruas de Nova York sem um centavo em seu nome.

A mídia proclamou o que ele tinha feito em uma rápida cobertura do evento. Corriam rumores de que uma gangue rival de drogas atacara a gangue da 137th Street durante a noite, rasgando-os em um ataque violento usando o que pareciam ser machados, facas e facões. O episódio foi tão rápido que testemunhas fora do prédio disseram que toda a luta não durara mais do que alguns minutos. O gabinete do prefeito e a polícia de Nova York condenaram a ferocidade do ataque e asseguraram ao público que a violência das gangues no East Harlem logo chegaria ao fim.

Foi pouco tempo depois disso que Mirjana Dragana se mudou para o prédio e ele imediatamente se apaixonou, embora soubesse que isto era a Bela e a Fera. Ele nunca poderia deixar alguém entrar em sua vida sabendo que a fera ficaria para sempre entre eles. No entanto, ele chegou tão perto de Jana quanto ousou, e ao assistir impotentemente enquanto a vida dela caía no caos, ele jurou que nunca toleraria que alguém abusasse dela ou a magoasse. Quando o intermediário de crack dela se tornou intrusivo demais e começou a aparecer a sua porta para tomar liberdades, chegou a noite em que ele e sua gangue tiveram de responder. Foi nessa noite que Darko Lucic fez a ligação e começou a olhar para Steve Lurgan.

Agora eleencarava a perspectiva de desaparecer da vista do Detetive Lucic, e ao fazê-lo, abandonar a amiga que ele jurou nunca abandonar. Ele sabia que isso nunca aconteceria, e só esperava, pelo bem de Lucic, que ele, como tantos outros antes dele, não se colocasse diante dos olhos do monstro do Abismo.

CAPÍTULO QUATRO

O capitão Bojan Evilenko tinha sido o líder da Companhia Z, uma unidade de paraquedistas ultrassecreta criada por ordem direta do Presidente Radovan Karadzic. Era uma unidade anti-insurgente designada para exterminar todos os grupos terroristas que operavam nas montanhas Sar, perto do Kosovo. Eles vivenciaram alguns dos combates mais brutais da guerra, já que os militantes tomavam reféns e os mantinham em troca de resgate. Quando os socorristas se aproximavam, eles usavam os reféns como escudos humanos para fugirem mais profundamente nas montanhas. A maior preocupação dos sérvios eram os rumores de que os albaneses estavam dissecando os reféns em laboratórios escondidos e colhendo seus órgãos e partes do corpo para vender aos chineses.

Evilenko tinha ouvido os rumores sobre o lobisomem das Montanhas Malditas e tinha visto evidências de suas depredações ao deixar cadáveres um atrás do outro. Tropas perdidas haviam sido mortas por animais selvagens antes, mas aqueles que encontraram o lobisomem foram literalmente despedaçados. As marcas de mordidas pareciam cortes causados por armadilhas de urso, que ele sabia que teria sido impossível de usar de tal forma.

Ele seguiu seu instinto ao enviar o jornalista americano com uma arma carregada de balas de prata naquela noite de lua cheia há muito tempo. Ele e os seus amigos não eram nada fora do comum. Eram jovens imprudentes que saíam para mexer nas lendas e superstições do país e na maioria das vezes se deparavam com bestas selvagens cuja violência perpetuava os contos da carochinha. Só o lobisomem era algo que nem os militares podiam refutar, e usar o americano em mais uma experiência finalmente valeu a pena.

Quando ele encontrou a besta demoníaca e ficou possuído pelo seu espírito, ele avançou cegamente para o deserto e se dirigiu diretamente para a fortaleza inimiga, que não estava longe de Gusinje. Ele os despedaçou e foi direto para a floresta, dando a Evilenko a oportunidade de chamar as Forças de Paz da ONU e relatar o incidente. As tropas da Nova Ordem Mundial limparam o que restava do pelotão do UÇK, depois resgataram Lurgan no bosque na manhã seguinte.

Evilenko acompanhou as informações recém-adquiridas e não só localizou a base rebelde mas também o laboratório escondido em uma caverna de montanha. Ele adquiriu todo o equipamento médico e informático deles, assim como órgãos vitais e partes do corpo cuidadosamente preservados e preparados para o embarque. Ele contatou os chineses e informou-os que estava agora no controle, e que os negócios poderiam continuar como sempre desde que todos os pagamentos fossem feitos para Evilenko através de uma conta bancária suíça. Os chineses não tiveram escolha e tomaram providências para acomodar seu novo sócio.

Evilenko e seus homens capturaram os cientistas loucos que estavam realizando as vivissecções e lhes deram um ultimato para trabalhar para os sérvios sob a dor de uma morte horrível. Todos concordaram prontamente, pois tinham sido coagidos a trabalhar para os albaneses muito além dos termos do acordo inicial. O capitão ordenou então aos seus homens que continuassem a operar da mesma forma que os albaneses. Eles trariam seus prisioneiros de volta para cá e os entregariam aos cientistas para a colheita antes da execução. Faltava pouco tempo para que a máquina assassina voltasse a operar no ápice da capacidade.

Uma vez terminada a guerra, Evilenko foi forçado a iniciar planos de evacuação, pois tanto o Presidente Karadzic como o General Mladic tinham sido detidos pela NWO e acusados de crimes contra a humanidade. Ele fez um acordo com os chineses para que ele e seus homens, juntamente com os cientistas, fossem retirados do país e fornecidos com documentos falsos permitindo sua emigração para os EUA. O governo chinês, em conluio com a organização criminosa Tong, facilitou o movimento por meio dos esforços do Ministério da Segurança do Estado[1]. Toda a operação foi deslocada das Montanhas Sar para as Catskills, no norte do estado de Nova York, sob o disfarce de uma empresa chinesa de programação e desenvolvimento de computadores.

O problema imediato que Evilenko e seus homens enfrentaram foi o fornecimento inadequado de doadores após saírem da zona de guerra. A solução deles foi aproveitar a situação dos sem-teto em Nova York, oferecendo-se para realocá-los para programas de pesquisa em troca de alojamento e alimentação. Algumas das vítimas do esquema eram adolescentes fugitivos e quando se suspeitou que tinham sido assassinados, a polícia de Homicídios de Nova York e Darko Lucic entraram em cena.

Os Tong tinham naturais chinesestrabalhando no Departamento, e eles puderam acessar arquivos de casos restritos com a ajuda de alguns dos hackers mais proficientes do planeta no MSS. Eles invadiram os arquivos dos Homicídios e descobriram que Lucic foi designado para o caso das pessoas desaparecidas. Ele tinha descoberto que mais de alguns adolescentes desaparecidos tinham sido enterrados nas montanhas Catskill e que alguns dos seus órgãos vitais haviam sido removidos cirurgicamente. As provas foram acrescentadas a uma compilação num crescente arquivo de casos sobre o Tong chinês, que estava sob investigação da INTERPOL por tráfico de órgãos. Lucic, consciente de que a UÇK tinha sido um recurso importante para os Tong no Kosovo, começou a concentrar sua busca nessa direção.

Quando os mercenários sérvios souberam que Lucic estava investigando Lurgan, eles imediatamente informaram Evilenko. O capitão era dotado de uma memória fotográfica, lembrando-se de Lurgan e das circunstâncias em torno do seu encontro há mais de dez anos. "Ele está aqui", Evilenko olhou fixamente para o céu estrelado. "O destino proclamou que nos reuniríamos depois de sobreviver à luta brutal e ao inferno do Kosovo. Nós vamos trazê-lo aqui e trazê-lo para o Círculo Sagrado. Ele se tornará um Cavaleiro

Branco do Império Sérvio, trazendo honra e glória para nossa raça e nossa nação até o fim dos tempos."

Ao deixar a Sérvia, Evilenko e os seus homens juntaram-se a um movimento clandestino que jurou proteger e defender o seu povo contra os seus inimigos, especialmente os muçulmanos que continuavam a fomentar a revolução em todo o país. O capitão manteve seu posto no grupo militante e se comprometeu a enviar 10% da renda da operação aos cavaleiros em troca de asilo caso eles fossem forçados a fugir da América. Evilenko sentiu que tinha todas as suas bases cobertas e se esforçaria para trazer Lurgan para o rebanho como seu especialista de campo. Depois do que Evilenko testemunhou nas Montanhas Malditas, ele sabia que não havia nada que a polícia de Nova York pudesse fazer contra ele.

Darko Lucic sabia que não ia conseguir nada de Steve Lurgan a menos que tivesse provas concretas para segurar contra a sua garganta. Mesmo sendo jornalista, Lurgan esteve em situações de combate durante a maior parte de uma década e não ia se curvar sob pressão. Ele sabia que Jana Dragana era seu elo fraco, mas ele ainda não queria ir por esse caminho. Ele detestava os tipos de policiais que operavam dessa forma. Ele sempre sentiu que essa era a saída de um policial preguiçoso. Se um bom detetive tinha um suspeito encurralado de modo que esse elo tão fraco fosse encontrado, bastava uma pressão extra e trabalho duro para fazer mais rachaduras aparecerem.

A Polícia de Homicídios estava trabalhando numa operação policial contra uma tripulação da máfia russa que era suspeita de tráfico de órgãos com o Tong chinês em Lower Manhattan. Os russos estavam supostamente raptando passageiros clandestinos no porto de Nova York e enviando-os a laboratórios subterrâneos para a colheita de órgãos. Lucic tinha um palpite de que os sérvios estariam provavelmente trabalhando com os russos da melhor maneira possível. Nenhum dos lados podia dar-se ao luxo de ficar com pessoas à espera na fila fora dos seus laboratórios para processamento. Eles estavam a poucos passos de ter os federais envolvidos numa investigação de homicídio em série. Lucic e seus superiores não tinham dúvidas de que os chineses fariam o que fosse preciso para queimar a ponte por trás disso.

Lucic e seu parceiro, Benny Tracker, estavam checando um marginal sérvio de baixo escalão que trabalhava nas docas perto de Chinatown como apostador e agiota. Ilija Ljubica tinha servido no exército sob comando de Ratko Mladic e fugiu para evitar a investigação da ONU sobre suspeitos de crimes de guerra. Ele migrou para os EUA e imediatamente fez contato com colegas veteranos que haviam encontrado trabalho com a máfia russa. Ele havia subido na hierarquia por meio de sua destreza física e impiedade em lidar com contas inadimplentes. Os russos ainda não lhe tinham oferecido a adesão plena, mas estavam à vontade com ele movimentando grandes quantias de dinheiro por eles.

Tracker era um porto-riquenho de ascendência Apache que tinha servido como fuzileiro naval no Iraque e não tinha problemas circulando nas ruas de Nova York. Ele encostou o Ford Contour ao longo da calçada onde Ljubica andava pela rua, e Ilija estava prestes a fugir quando Lucic mostrou seu distintivo da janela do passageiro.

"Entre, vamos dar uma voltinha e conversar", falou Lucic em sérvio.

"Papo furado", Ljubica preparou-se para correr.

"Olha, podemos fazer isto aqui ou na delegacia, das duas uma", disse Lucic em inglês de rua. Ljubica deu de ombros e foi para o banco de trás do carro.

"Você viu esse garoto por aí?" Tracker entregou uma foto 8"x11" brilhante para Ljubica.

"Não. Nunca", ele devolveu-a logo.

"Olha, não me venha com essa merda", Lucic pegou a foto e atirou-a de volta no colo do Ljubica. "Talvez não o tenha visto, mas sei que anda procurando por ele. Ele pode identificar o Evilenko e provavelmente os seus melhores homens do Kosovo também. Ele estava na área de Prokletije perto de Gusinje com o Capitão e seus homens em 1999, no final da guerra. Eu peguei ele por causa daquelas mortes com cães em East Harlem e ele está falando como um papagaio louco no crack. Ele está se preparando para ligar os pontos entre o seu povo, o Tong chinês e aquela oficina que eles montaram nas Catskills."

"Ei, espere um segundo", Ljubica gargalhou em descrença. "Você está tentando me marcar bem longe de casa. Aceito apostas e empresto dinheiro de vez em quando, mas você não tem nada que que me conecte a uma oficina ou como quer que você chame isso."

"Vamos ver o que mais eu tenho", Lucic se virou e descansou o queixo nas mãos sobre o encosto. "Tenho o seu homem principal, Mikhail Fetisov, sendo acusado de lavagem de dinheiro e evasão fiscal com aquela empresa de exportação falsa que ele montou em Montreal. Eu tenho cinco dos melhores homens dele afundando também, e quando eu começar a negociar por tempo livre, aposto que eles te entregarão de bom grado para ter alguns anos anulados de sua sentença. Isso te coloca num barco de volta para casa, onde te mandam para a Haia sob a acusação de crimes de guerra."

"Acho que não vai ser assim tão fácil", Ljubica balançou a cabeça, sorridente.

"Talvez não, mas neste momento você é a melhor pista que tenho e eu sou o único amigo que você tem. O Lurgan está controlando algumas pessoas perigosas, e eu preciso saber como posso tirá-lo das ruas. Você precisa me dizer porque Evilenko está procurando Lurgan."

"Eles não estão procurando o homem que controla a besta. Eles estão procurando pela própria besta."

"Então eles acreditam que a besta é um homem? Você acha que eu sou idiota?"

"Não importa no que você acredita. Qualquer pessoa que vivia perto das Montanhas Malditas, perto dos Labirintos do Inferno, sabia da besta que vinha do abismo. Demorou centenas de anos até que um dia um homem veio e destruiu a besta. Ele ficou possuído pelo demônio e levou o espírito da besta para uma terra estrangeira. O Evilenko encontrou a besta e agora deseja controlar o seu poder."

"Do que esse cara está falando?" Tracker virou-se para Lucic. "O que é que ele está fumando?"

"Ok, isto é sério", Lucic falou novamente em sérvio. "Você está tentando me dizer que o Evilenko pensa mesmo que o Lurgan é um lobisomem."

"Sabe, você está vivendo em uma era onde forças aéreas ao redor do mundo estão avistando OVNIs, onde assassinos em série estão bebendo o sangue de suas vítimas, e pessoas estão reconstruindo outras com pedaços dos mortos", Ljubica zombou. "Todas as superstições do passado estão sendo provadas como fatos neste século. O que torna tão difícil pensar que um homem com um transtorno de personalidade não pode manifestar as qualidades de um animal selvagem? Não é preciso muita imaginação para pensar que um homem assim pode ser usado dentro de organizações especializadas."

"Primeiro você estava falando sobre bestas e abismos, agora está falando sobre transtornos de personalidade. Eu preciso saber o que o Evilenko está dizendo."

"Nunca conheci o Evilenko, só sei o que o povo dele quer que os outros saibam. Ele sabe que Lurgan está vivendo em algum lugar aqui em Manhattan e deseja falar com ele. Ele acredita no poder da besta. "Se ele pensa que existe um monstro vivo, eu não sei."

"Bem, o Capitão certamente alimentou vocês com um monte de merda", Lucic reverteu para o inglês para benefício do Tracker. "Olha, aqui está o meu cartão. Ligue para mim se descobrir qualquer coisa sobre um contato entre o Evilenko e o Lurgan. Me faz esse favor e eu te aviso quando estiverem prontos para soltar o martelo no Fetisov."

"Você vai conseguir me tirar do gancho?", perguntou ele quando saiu do carro.

"Não, mas avisaremos quando for hora de sair da cidade", Lucic assegurou-lhe antes de eles saírem de carro.

"Então, o que foi aquilo tudo?" Tracker se perguntou enquanto voltavam para a Praça da Polícia perto da prefeitura.

"Um monte de besteira do Velho País", Lucic

expirou, tenso. "Eles têm uma mão no teclado e a outra no crucifixo. Eu te falei de toda aquela porcaria supersticiosa com que o Lurgan foi apanhado perto do Kosovo. Até hoje, pessoas perto de Gusinje falam sobre o americano que foi às montanhas e matou o lobisomem. Aposto que o Evilenko está tentando usar essas superstições a seu favor aqui."

"Quem acreditaria nessa merda?" Benny sorriu.

"Praticamente todos os imigrantes que entram furtivamente neste país, além de mais alguns que já estão aqui há algum tempo. Todos os países têm os contos da carochinha sobre possessão demoníaca. Além disso, você tem um *brujo*, ou um *miali*[2] , ou até mesmo um padre católico em cada quarteirão pronto para apoiá-lo. O Evilenko vai usar o Lurgan para impor o seu código de silêncio, a não ser que cheguemos primeiro ao Lurgan e o façamos ver as coisas à nossa maneira."

"Chegar ao Lurgan? Você não tem o endereço dele?"

"Ele sumiu na semana passada", Lucic olhou pela janela para a linha do horizonte de Manhattan quando eles chegaram à estrada. "Ninguém sabe onde ele está, nem mesmo a vizinha por quem ele está apaixonado. O aluguel dele está pago pelo ano, então ele pode voltar quando tiver vontade. Não posso montar uma vigiapor um palpite. Só posso esperar que se não consigo encontrá-lo, o Evilenko também não."

Steve Lurgan ouviu que havia alguns sérvios perguntando por ele, e imediatamente ligou para Jana e disse-lhe que estaria fora da cidade por algumas semanas para procurar um trabalho na Costa Oeste. Steve disse-lhe que tinha feito bastante dinheiro na

Sérvia durante a guerra e que ainda estava vivendo dos direitos autorais que lhe estavam pagando por fotos exclusivas que tirou. As suas poupanças e investimentos se esgotaram com o tempo, e ele teria que voltar ao trabalho para renovar o seu contrato de aluguel. Ele não sabia se Jana iria trair a confiança e arejar sua roupa suja diante de estranhos, mas certamente iria cobrir seus rastros se ela o fizesse.

Ele alugou um quarto em um albergue da Bowery, um dos poucos ainda existentes, e trouxe o tipo de mochila que levou durante suas viagens pela Sérvia. Decidiu ficar escondido e vigiar seu próprio apartamento por alguns dias para descobrir quem o procurava e por que motivo. Ele não devia a ninguém de seus dias no Kosovo e não esperava que ninguém o procurasse. A única coisa que ele podia imaginar eram caçadores de recompensas à procura de um dos homens agora listados como criminosos de guerra. Ele não tinha nada para lhes dizer, mas queria estar pronto para alguém que viesse insistindo por isso.

A lua cheia estava a algumas semanas de distância e era um prazo tão sério para ele como para um homem que aguardava sua data de execução. Não havia como contornar isso, não havia como se intoxicar, sedar, amarrar ou prender. Ele nunca se esqueceria de quando se acorrentou com um produto feito de titânio, apenas para encontrá-lo quebrado quando retornou no dia seguinte ao local onde se trancara. Ele precisava levar a besta para o mais longe possível da civilização, para que ela não fizesse o que fez quando confrontada pelos traficantes há apenas algumas semanas. Era algo que ele estava muito, muito longe de ser capaz de controlar.

Ele considerou a noção de que a maldita coisa

parecia ser indestrutível. Se não fosse pelo monstro anexado, seria uma verdadeira bênção para alguém com uma deficiência ou uma doença incurável. Ele percebeu que muitas das suas doenças e defeitos genéticos tinham desaparecido com o tempo, e muitas das suas qualidades físicas tinham melhorado ao longo da última década. Ele tinha cáries e cicatrizes da infância que tinham desaparecido, e outras pequenas coisas como nunca ter dores de cabeça, resfriados ou gripe. Se houvesse alguma maneira de usar essa coisa, poderia possivelmente curar o câncer. Ele teria se entregado há muito tempo, mas é provável que o prendessem para o resto de seus dias, como um homenzinho verde de um disco voador pousando no Novo México.

Uma coisa que realmente o assustou foi o pensamento de que se alguém descobrisse a maldição, seria capaz de usar o conhecimento do ciclo da lua cheia em seu benefício. Se eles quisessem chegar a Jana por qualquer razão e soubessem que ele estava em hiato durante o ciclo, não haveria nada que ele pudesse fazer sobre isso. Ele havia sincronizado seu ataque aos traficantes de drogas de acordo com seu retorno do norte do estado no último dia do ciclo. Depois ele passou noites sem dormir, pensando no que poderia ter acontecido se tivesse calculado algo errado a qualquer momento.

Ele caiu num estado de melancolia ao refletir sobre o fato de que ele era, de fato, como um cão vadio que foi expulso de sua casa para as ruas. Ele só podia voltar para a Prince Street à distância e ver os vizinhos entrando e saindo do prédio do seu apartamento. Ele observava com receio a passagem de estranhos, preocupado que um deles estivesse a sua procura. Ele esperava que eles não voltassem Jana contra ele com ofertas de dinheiro ou drogas. Seria uma traição com a qual ele não seria capaz de viver.

Toda a sua vida tinha sido virada de cabeça para baixo depois de deixar a Sérvia. Ele percebeu isso mais do que nunca, como se o caos da guerra fosse como uma mancha em sua alma que jamais desapareceria. Não era apenas a besta, como se isso não fosse mais do que suficiente, mas todas as implicações, como sua solidão e sua incapacidade de compartilhar seu fardo ou discutir sua situação com alguém. Ele tinha sofrido tanto quanto qualquer soldado que tivesse lutado na guerra e estava pagando um preço mais alto do que alguém poderia imaginar.

Ele só esperava que a morte não fosse a única solução para tirar a dor.

CAPÍTULO CINCO

Se Jana Dragana soubesse do conflito interior de Steve Lurgan, ela teria questionado se o demônio que o atormentava era muito pior do que aquele que a perseguia. Ela teria argumentado que pelo menos o demônio dele só o atormentava durante o ciclo da lua cheia. Não o atormentava todos os dias.

Ela estava lutando poderosamente para superar seu vício em crack. Desde sua juventude, ela tinha sido uma garota voluntariosa, confiante em sua beleza natural e no espírito para superar os obstáculos de sua vida. Crescer na Bósnia expôs Jana à tensão racial e econômica, embora sua aparência a ajudasse a fugir da maioria das armadilhas a que seus amigos muitas vezes eram vítimas. Ela sabia que tinha que deixar a Sérvia para construir um futuro para si mesma e acabou migrando para a República Tcheca, onde aprendeu uma nova língua e melhorou seu inglês.Desde então, ela começou a trabalhar como modelo e foi para a Inglaterra. Demorou alguns anos até que ela economizasse o suficiente para atravessar o Atlântico, e Nova York tornou-se o desafio da sua vida.

No início, ela estava indo muito bem; inscreveu-se em uma agência de modelos e pegou tarefas de alto pagamento suficientes para pagar um aluguel de um ano em um apartamento da Prince Street no Soho. Só que seu ego atrapalhou quando as pessoas de fala mansa começaram a conduzi-la para a pista rápida. Eles lhe garantiram que sua beleza certamente a levaria para Hollywood e a convidaram para festas exclusivas que a fizeram sentir que ela estava chegando a esse próximo nível. Só que as drogas foram planejadas para quebrar sua vontade, e sua falta de discernimento levou-a a envolver-se com traficantes de rua que começaram a levá-la por um beco sem saída de dependência.

A conexão fornecida pelo seu agente na Unchained Productions era Rocco Friddi, que era um traficante de crack de nível médio, notório por tirar proveito de viciadas com falta de fundos para sustentar seu hábito. Foi na época em que ela fez amizade com seu vizinho do lado, Steve Lurgan. Steve era um homem bonito, que dizia ser um fotojornalista que vivia dos seus ganhos com a cobertura da Guerra da Sérvia. Ele era muito reservado mas amigável e não se intrometia além de qualquer informação que ela lhe dava. Rocco e Steve não pareciam gostar um do outro, mas permaneceram respeitosos um com o outro até o dia em que Rocco desapareceu de sua vida.

Ela ligou para seu agente e perguntou se elerecebera notícias de Rocco, e a resposta foi que ele tinha sido morto, mas ninguém sabia o que tinha acontecido. Ela não ousou pedir outra referência e as vibrações que ela estava recebendo indicavam que tal pedido poderia não ter sido bem-vindo naquele momento específico. Ela começou a beber muito para saciar sua ânsia e seu agente sentiu o que estava acontecendo quando não recebeu notícias dela. Ele entrou em contato com Kane North, direcionando-o para a página da web dela e dizendo-lhe que ela era muito gostosa. Ele matou dois coelhos com uma cajadada só ao conectar Jana com North, mas agora Kane estava morto e Jana estava passando por outra abstinência de crack. O agente dela estava pensando se devia desistir dela como um possível beco sem saída.

Jana sentia-se sem esperanças agora que seu traficante estava morto, seu produtor também estava fora e seu amigo Steve havia deixado a cidade. A ideia de conseguir um emprego regular era ridícula, mas ela estava se perguntando se esta era sua única opção. Ela tinha apenas algumas centenas de dólares de poupança e isso mal cobriria suas despesas para o mês. Ela estava vasculhando a internet sem parar por dias a fio, mas todas as consultas por e-mail eram rejeitadas tão rapidamente quanto ela as enviava.

Ela ouviu uma batida na porta nesta tarde em particular, e eventualmente a abriu ao som de um sotaque sérvio lá fora. Ilija Ljubica apresentou-se como representante da Herzegovina Programming Solutions, uma desenvolvedora de software de computador de alta tecnologia localizada nas Catskills, no norte do estado de Nova York. Ele a informou que eles haviam obtido suas informações de uma agência de modelos que ela havia contatado. A HPS estava à procura de alguém para preencher um cargo de secretária executiva. A candidata ideal seria proficiente no trabalho administrativo assim como em lidar diretamente com clientes como uma representante da empresa. Suas habilidades de modelo seriam um forte atributo e eles estavam certos de que suas habilidades administrativas seriam melhoradas com treinamento e experiência.

"Que notícia simplesmente maravilhosa", ela disse enquanto trazia uma xícara de café para Ljubica. Ela ficou muito impressionada com o comportamento militar do homem, sua beleza rústica e sua maneira de se expressar. "Eu estava ficando tão preocupada se encontraria algo. Claro, o meu primeiro amor é ser modelo, e tenho a certeza que você sabe que a minha agência está tentando encontrar uma posição que promova a minha carreira."

"Meu empregador previu isso e me autorizou a oferecer cem mil dólares como salário anual", respondeu Ljubica. "Se você aceitar a oferta, seu primeiro cheque será depositado eletronicamente na sua conta bancária. Nós lhe pagaremos mensalmente no primeiro dia do mês. Você também receberá espaço e alimentação às custas da empresa."

"Estarei trabalhando aos fins de semana?", perguntou ela. "Eu não gostaria de deixar a área de Manhattan por completo, com este apartamento e tudo mais."

"Acredito que o proprietário da empresa quer encontrar-se com você para finalizar o acordo e rever os detalhes minuciosos. Ele está hospedado no Waldorf, posso dar-lhe o número dele para que possa marcar uma entrevista."

Depois que Ljubica saiu, Jana ligou imediatamente para o número do cartão de visita. Ela falou com uma das secretárias, que levou suas informações e confirmou sua entrevista para as seis da tarde daquela noite. Ela estava andando nas nuvens enquanto vestia um de seus mais bonitos ternos de negócios e preparava-se para a entrevista. Ela pensou que mesmo depois dos impostos, ela deveria poder sacar mais de mil dólares por semana de sua conta. Seria definitivamente o suficiente para mantê-la tranquila até que seu próximo trabalho de modelo ou de atriz chegasse. Ela não podia esperar até que Steve voltasse. Ela sabia que ele nunca atendia o celular, se é que o carregava. Ela esperava que ele voltasse antes de sua ida para o norte do estado. Se ele não tivesse voltado até lá, ela colocaria uma carta debaixo da porta dele.

Ela chegou ao elegante hotel e foi informada pelo gerente que seu grupo estava esperando por ela no Bull and Bear Steakhouse, no complexo do saguão. Ela correu para o maître, que a acompanhou até uma mesa traseira no restaurante escuro e decorado com painéis de madeira, onde o seu benfeitor a esperava.

"Boa noite", ele levantou-se e apertou-lhe a mão, beijando-a como era o costume do Velho País. "Eu sou Zora Vlasic. Eu sou o CEO e Presidente Executivo da HPS. Por favor, sente-se. Gostaria de beber alguma coisa?"

Vlasic tinha 1,85 m e pesava 95 kg de músculo. O seu cabelo grisalho estava escasseando, o bigode e o cavanhaque bem aparados. Ele usava um terno de mil dólares confeccionado sob medida para seu porte atlético. Seus olhos azuis fervilhavam de energia enquanto ele fitava Jana atentamente do outro lado da mesa. Jana pediu um chá gelado, tendo aprendido há muito tempo que nunca se misturava álcool com negócios. As pessoas no poder tendiam a menosprezar subordinados que o faziam, e ela não cometeria tal erro com esse homem.

"Não sei o quanto o Sr. Ljubica lhe contou sobre a empresa", ele dobrou as mãos sobre a mesa. "Temos experimentado uma rápida expansão após a guerra, permitindo-nos desenvolver os nossos contatos com outras empresas da União Europeia. Felizmente, conseguimos expandir nossa rede para incluir corporações na Rússia e na China, e elas nos ajudaram a melhorar significativamente a qualidade de nossos produtos. Agora somos muito competitivos, tanto na Europa como aqui nos Estados Unidos, e contamos com vendas pessoais para nos ajudar a ganhar terreno sobre os líderes em nosso campo."

"Parece muito excitante. Estou ansiosa para contribuir de todas as formas que puder."

"Esperamos que futuros clientes façam visitas pessoais à nossa sede para ver do que se trata a empresa", revelou Vlasic. "Teríamos a necessidade de uma jovem bem-apessoada, acostumada a interagir com os clientes e causar uma impressão favorável. Tenho certeza de que você vai se sair muito bem."

Vlasic a informou que enviaria por e-mail os formulários de inscrição e impostos a serem devolvidos, e que alguém da sede da empresa em Catskill a contataria amanhã. Eles lhe dariam todos os detalhes sobre seus preparativos de viagem e acomodações para que ela pudesse começar a trabalhar na segunda-feira. Ela também teria fins de semana livres, a menos que um evento exigisse sua presença, e nesse caso seu salário seria ajustado de acordo.

Jana agradeceu-lhe profusamente antes de partir, deixando Vlasic para trás trabalhando no laptop e num portfolio que havia trazido consigo. Ele permaneceu sozinho por um curto período de tempo antes de ser acompanhado por um recém-chegado.

"Vi-a sair há alguns minutos, Capitão", Ilija Ljubica tomou o assento onde Jana estivera há pouco tempo. "Presumo que tudo correu como planejado. Ela parecia muito entusiasmada."

"Eu teria de concordar", respondeu Bojan Evilenko em sérvio. "Tenho certeza que quando Lurgan sair do esconderijo e descobrir que ela partiu para as Catskills, ele encontrará uma maneira de segui-la até lá para ter certeza de que ela está indo bem. Assim que ele chegar, vamos interceptá-lo e trazê-lo para o nosso quartel-general, onde faremos nossa proposta."

"A minha única preocupação seria aquele maldito policial, Lucic", Ljubica fechou a cara. "O abelhudo intrometido me assustou na rua em Chinatown ontem à noite. Ele está no rastro do Lurgan, está tentando amarrar as mortes com cães à cauda dele. Se você está tentando trazer o Lurgan com os Cavaleiros, talvez seja melhor tirá-lo da cidade e afastá-lo do Lucic. Policiais como aquele são como piche quente. Uma vez que eles te apanham, são quase impossíveis de remover."

"Neste negócio eu aprendi que todos são úteis", Evilenko sorriu. "Até os anões albaneses têm peças reutilizáveis."

Os dois homens compartilharam uma risada cúmplice.

Steve Lurgan estava a cerca de cinco milhas de onde Jana havia-se despedido de Bojan Evilenko. Ele havia passado pelo prédio na Prince Street e viu que Jana tinha deixado acesa sua pequena lâmpada na sala de estar do seu apartamento no segundo andar, o que significava que ela provavelmente tinha saído. Ele não tinha ideia de que Darko Lucic o tinha encontrado até que o Contour azul-escuro parou no meio-fio ao lado dele.

"Parece que você está perdido", falou Lucic da janela do passageiro. "Posso te dar uma carona?"

"Não, eu estou bem", Steve dispensou-o.

"Entra."

Steve relutantemente subiu no banco de trás e Benny Tracker partiu num passeio tranquilo em direção ao Village.

"Como está aquela sua namorada? Teve notícias dela ultimamente?"

"Não, não a vi. Ela não é minha namorada, eu já te disse."

"Pensamento positivo, hein? Porque você não se alegra? Está uma noite agradável."

"Bem, estava ótima até você aparecer", grunhiu Steve.

"Ei, Benny, encosta. Porque não traz café para todos?"

"Sim, mestre. Posso massagear sua bunda quando voltar?"

"Cai fora", Lucic retrucou quando Tracker estacionou o carro e foi para uma delicatessen próxima.

"Você não tem nenhum traficante de drogas ou cafetão para incomodar?" Steve estava exasperado.

"Não, nos últimos dias, tenho andado cuidando dos agiotas", retorquiu Lucic. "Um tipo chamado Ilija Ljubica. Sargento da Primeira Infantaria do General Mladic. Já ouviu falar dele?"

"Você acha que passo o meu tempo livre memorizando nomes, ranks e números de série?"

"Você pode estar interessado nesse cara. Acho que ele está brincando com aquela garota em quem você está de olho."

"Sabe, você é tão enrolão, Lucic. Se você não vai me levar à delegacia, então vou embora daqui."

"Tudo bem, vamos tentar assim. Ljubica é um peixe pequeno com a máfia russa, mas ainda está ligado a Bojan Evilenko do Velho País. Ele foi ver Jana, e nós o seguimos até o Waldorf algumas horas depois. Acontece que ela apareceu lá cerca de meia hora depois de Ljubica. Benny entrou e olhou em volta, e ela estava sentada em uma cabine no Bull and Bear com Evilenko."

"Desgraçados", os olhos de Steve ficaram enevoados ao se afastar de Darko, olhando para fora da janela sem ver.

"Porque você não a esquece, Lurgan? Você não é um homem estúpido e não é ingênuo. Você já deu a volta ao mundo. Ela está perdida, não pode salvá-la de si mesma. Sai do éter e se afasta disso, olha para as coisas pelo lado de fora.Pessoas perderam as suas vidas por causa dela. Não me interessa se mereceram ou não, ainda morreram antes de terem a oportunidade de fazer o bem. Ninguém tem o direito de tirar a vida de um homem até ele ter a última oportunidade de fazer o bem. Se a Jana está causando a morte de pessoas, você tem que se afastar dela."

"Eu a amo, Darko. Eu sei o que ela é. Eu a amo. Não consigo deixar de amá-la."

"Então você vai deixar o Evilenko usá-la contra você. Vai deixá-lo te manipular para que ele se aproxime daquela sua conexão ao mestre das bestas."

"Não vou deixar que nada aconteça à Jana", Steve estava determinado.

"Tudo bem", Darko disparou de volta. "Se você vai se afastar e deixar a Jana fazer a conexão com o mestre das bestas, então eu vou atrás do Evilenko."

"Você não pode enfrentar o Evilenko", Steve o advertiu. "Você não pode ganhar."

"Você não está me dando escolha, Steve."

"Você tem metido o nariz nos meus assuntos, por isso vamos trocar de lugares. Tudo que você tem sobre o Evilenko são boatos e rumores. Não há testemunhas de nada do que ele fez na Sérvia, todos eles estão mortos. Não há acusações, não há mandados para ele. Se ele está aqui com esse dinheiro no bolso, está recebendo-o de um grande apoiante, muito provavelmente os chineses ou os russos. Olhe, porque você acha que me mudei do Soho para alugar um quarto na Skid Row? Eu sabia que esses caras queriam falar comigo e estou tentando não me meter até descobrir o porquê. Agradeço que você tenha me avisado sobre a Jana, mas isto é entre mim e quem anda a minha procura. Se for o Evilenko, então vou encontrar-me com ele nos meus próprios termos e prazos. Você não tem nada que fazer aqui. Se você começar a se intrometer, a única que se vai se machucar é a Jana."

"Acho que você é um cara muito bom que se envolveu em alguns negócios ruins", admitiu Steve. "Se se lembra, a nossa última conversa foi sobre colocá-lo perto daqueles dois assassinatos com cães. Você também não está exatamente a salvo. Agora tenho o Evilenko procurando por você, e isso não parece muito bom do meu ponto de vista."

"O que é que você vai fazer, Darko? Continuar a me assediar, a seguir a Jana, pegar seu estilingue e ir atrás do Evilenko?" Steve ficou irritado. "Se eu estivesse no seu lugar, estaria tentando descobrir por que é que aqueles traficantes foram mortos, não procurando enfiar treinadores de cães na sua acusação. Vou te dizer, vai parecer muito estúpido quando você tiver um par de Doberman Pinschers sentados no banco das testemunhas. Vai parecer o julgamento de Lassie, se quer saber."

"Vou estar de olho no Evilenko", Lucic avisou-o quando ele saiu do carro. "Se você e a Jana estiverem no caminho, também vou estar olhando para vocês dois."

"À vontade; é o dinheiro dos contribuintes", Steve fechou a porta atrás dele.

"Ei, você não quer o seu café?" Tracker disse atrás dele, segurando o grande saco de café e donuts enquanto voltava para o veículo.

"Dê para ele", Steve dispensou-o, atravessando a rua. "Ele provavelmente vai ficar acordado a noite toda."

Tanto Steve como Darko sabiam que iriam voltar a se ver muito em breve.

CAPÍTULO SEIS

Darko Lucic sentia que tinha a maioria das peças do quebra-cabeça, mas estava tendo dificuldade encaixando tudo para revelar o quadro geral.

Ele sentia como se as mortes causadas por cães fossem apenas a ponta do iceberg aqui. Ele sabia que não tinha nada para acusar Lurgan. Não havia júri que olhasse torto para um homem que, como ele claramente indicou, pode nunca ter tido um cão na vida. Era toda a coisa sérvia que estava fazendo ele de bobo. Steve conhecendo Jana, que de repente estava ligada a Evilenko por meio de Ljubica, tinha um cheiro estranho. Ele sabia que Evilenko era o CEO da HPS, que era uma das maiores empresas na área onde crianças fugitivas foram assassinadas nas Catskills. A polícia de Catskill tinha lançado um alerta vermelho em toda a vizinhança e reuniu-se com empresários locais, alistando sua ajuda na investigação. Quando ele viu o nome de Evilenko nos relatórios, foi uma bandeira vermelha que o fez pensar em Jana e Steve.

Era óbvio que quem tinha dissecado aquelas crianças tinha uma instalação médica escondida em algum lugar na área de Nova York. Não faria sentido para eles raptarem as crianças em Manhattan, abri-las fora do Estado e depois abandonarem os corpos na região norte. Era uma possibilidade remota que poderia ter sido concebida para despistar as autoridades, mas Darko não estava acreditando. Era muita confusão para uma tripulação que iria presa por mil anos se fosse apanhada em flagrante.

O mercado negro de órgãos parecia ser uma onda do futuro, particularmente em países do Terceiro Mundo onde a vida era barata e as economias estavam em condições desastrosas. Havia relatos de pessoas de Delhi na Índia que haviam sido sequestradas, drogadas e tiveram seus rins removidos antes de serem jogadas de volta na rua. Uma rede de mercado negro na África do Sul estava recrutando doadores das ruas do Brasil, onde as pessoas recebiam dez mil dólares por órgãos que eram vendidos em Joanesburgo por cem mil dólares. Também havia um caso envolvendo a Biomedical Tissue Services em Nova York, que estava comprando órgãos de embalsamadores locais sem o conhecimento das famílias dos falecidos. Era um bom negócio, e com o aumento da pesquisa de transplantes, não parecia que a procura iria diminuir tão cedo.

A sua pesquisa indicou que houvera uma operação semelhante perto das montanhas Sar, no Kosovo, durante a Guerra da Sérvia. Os insurgentes albaneses tinham supostamente idealizado a operação e havia rumores de que, até ao fim da guerra, centenas de reféns capturados durante os combates tinham sido mortos e tido seus órgãos extraídos. Dizia-se que os chineses eram o principal mercado para a operação, mas uma vez terminada a guerra não tinha sido encontrado qualquer vestígio de tal círculo, então nunca houve uma investigação.

Ele sabia que o apelido de Evilenko na Sérvia era a Besta das Montanhas Negras, mas isso era um longo caminho das Montanhas Malditas, o que poderia ter sido mais apropriado. Ele recebeu esse apelido por aniquilar os rebeldes albaneses na região e não fazer prisioneiros em combate. Houve rumores de que ele ordenou o massacre de várias aldeias da região, mas nunca houve sobreviventes, e também os ataques atribuídos a grupos militantes vingando assassinatos perpetrados por muçulmanos contra cristãos sérvios.

O alegado envolvimento de Evilenko com os Cavaleiros Brancos Sérvios também era de interesse. Eles eram um grupo supremacista dedicado à manutenção preventiva da raça e nação sérvias, sua sociedade e cultura. Se Evilenko estava contribuindo para o grupo, eles provavelmente tinham um lugar seguro para ele pousar se ele tivesse que fugir da América. Provavelmente eles também estavam tolerando o que quer que ele estivesse fazendo para colocar dinheiro na mesa deles. Isso não mudaria a natureza de Evilenko mas lhe daria um impulso maior para ganhar a devoção de seus seguidores.

Foi aí que o interesse em Steve Lurgan começou a fazer sentido. Se Steve havia testemunhado as mortes por cães e sabia quem os soltara, então Evilenko estava em excelente posição para fazer contato e oferecer um acordo com os assassinos. Qualquer um ficaria relutante em oferecer informações que levassem à prisão dos sequestradores se pensasse que alguém colocaria cães assassinos atrás dele por isso. Darko estava começando a duvidar que Steve tivesse algo a ver com isso, mas isso não significava que Evilenko sentia o mesmo.

Assassinato era assassinato, e a polícia de NY localizaria qualquer um que tirasse uma vida humana. Do ponto de vista de Darko, roubar crianças da rua só porque elas fugiram de casa ou simplesmente não conseguiam encontrar um lugar para ficar era tão ruim quanto roubá-las do campus. Eles sempre haviam ensinado na Academia que todo ser humano era amado por alguém e, portanto, precisava ser salvo. Quando ele pensava nas famílias que tinham sofrido a dor de descobrir que seus filhos haviam sido levados para o norte do estado e retalhados por seus órgãos, isso o deixava doente.

Ele percebeu que sua única conexão com Evilenko era Ljubica. Ele não queria colocá-lo sob pressão indevida, porque o homem poderia facilmente sumir, especialmente à luz das acusações pendentes de suas conexões na máfia. No entanto, era bem sabido que Ljubica ganhava bem e que não iria decolar e deixar seus clientes serem tomados por um corretor de apostas rival ou agiota, a menos que ele não tivesse escolha. Ele teria que entregar Ljubica de alguma forma, e o truque seria colocar algo extra no gancho além de um aviso prévio de que os russos estavam prestes a fritar.

Lucic e Tracker foram até Chinatown e confrontaram Ljubica, que disse ter algumas informações em troca de imunidade em qualquer processo contra a máfia russa. Ele lhes disse que se encontraria com eles num ponto específico à meia-noite para não ser visto com a polícia pelos seus associados. Lucic concordou prontamente, percebendo que esta poderia ser finalmente sua grande oportunidade para resolver este caso e conseguir um bom trabalho fazendo papelada longe do fedor das ruas, finalmente.

Jana Dragana havia voltado ao seu apartamento para fazer as malas e escreveu uma carta para Steve Lurgan como uma ideia tardia. Ela estava preocupada com o bem-estar dele e esperava que as coisas estivessem indo bem para ele na Califórnia. Ela começou a perceber que realmente gostava dele e que se sentia fisicamente atraída por ele desde o momento em que se conheceram. Depois de conhecê-lo, ela descobriu que ele era um homem sensível e inteligente, do tipo que ela sempre esperou encontrar e com quem se envolver um dia. Ele lhe disse que tinha uma profissão bem remunerada, e ela não tinha dúvidas disso, considerando o tipo de renda que eles pagavam e o fato de ele não ter trabalhado regularmente desde que ela o conheceu. Ela sabia que ele saía em missões de vez em quando, e parecia ser o tipo de horário de trabalho que era ao mesmo tempo lucrativo e confortável.

Ela tinha a sua própria visão e imaginava-se um dia na capa de revistas internacionais, mas não era contra ter alguém especial em sua vida esperando-a no final do arco-íris. Ela havia evitado entrar em uma relação na Europa, porque sabia que algum instinto machista transformaria a maioria dos caras em trogloditas puxadores de cabelo quando a noção de deixar o país em busca de fama e fortuna fosse introduzida. Quando ela veio para a América, percebeu que seria mais como um processo de manipulação em que o macho dominante iria por trás das costas dela e romperia suas conexões para forçá-la à docilidade. Steve, ela acreditava, não era esse tipo de rapaz.

Ela colocou a carta num envelope debaixo da porta dele e ficou assustada quando Steve abriu a porta abruptamente. Ela olhou para ele defensivamente, até que eles compartilharam uma risada enquanto ele lhe dava uma mão e a puxava para cima.

"Bem, olá, estranho. Quando é que você voltou?"

"Há pouco tempo", respondeu ele, dando um passo para o lado e acenando para ela entrar. "Estou meio que entrando e saindo. Tenho uma missão perto da fronteira canadense. Vou voar para Niagara Falls, depois para Vancouver. Gostaria muito que você viesse se tivesse um tempo."

"Isso é muito gentil da sua parte, Steve", disse ela hesitantemente, apanhada desprevenida pela oferta. "Eu estava fazendo as malas, foi por isso que deixei aquele bilhete. Consegui um emprego numa empresa de pesquisa de software em Catskill. Vou trabalhar lá durante a semana e voltar para casa aos fins de semana."

Ele ofereceu-se para fazer café e ela aceitou com gratidão, sentando-se no sofá enquanto ele se dirigia para a cozinha. Ele ouviu calmamente enquanto ela lhe contava tudo sobre suas buscas de emprego infrutíferas na Internet e como ela recebeu um telefonema do nada sobre uma indicação que a levou à Zora Vlasic.

"Você fez alguma pesquisa sobre a empresa?", perguntou ele. "Só para ter a certeza que a empresa é solvente e que eles vão poder pagar você."

"Bem, ainda não", ela admitiu suavemente. Ele

podia dizer pela voz dela que ela estava na defensiva, e não era isso que ele queria.

"Só não quero ver você ir até lá e ficar decepcionada", disse ele, tendo carregado a cafeteira e apertado o botão para despejar a água fervente. "Sabe, Jana, tenho me mantido muito quieto nos últimos anos desde que voltei da Sérvia. Talvez tenha algo a ver com aquele transtorno de estresse pós-traumático, eu não sei. Uma coisa, porém, é que não me aproximei de muitas pessoas, e você é realmente uma das únicas amigas que tenho. Acho que o que estou tentando dizer é que me preocupo muito contigo e não gostaria de ver você se machucar de forma alguma."

"Isso... É muito legal da sua parte, dizer isso", Jana de repente se sentiu muito acanhada. "Acho que também não fiz muitos amigos aqui. As pessoas do mundo do espetáculo e da indústria de modelos são muito superficiais, e muitos deles podem ser hipócritas. Claro, você aprende a jogar o jogo, mas isso não significa que eu confie muito neles. Eu também me guardei para mim, e devo admitir que também te considero um dos meus amigos mais próximos."

"Fico lisonjeado que pense assim em mim, e espero poder continuar a ser digno da sua confiança e amizade", disse ele, correndo o risco de soar piegas. Ele tinha muito mais que queria dizer, mas não se atreveu a fazê-lo.

"Quero que você também confie em mim, Steve", ela olhou para ele com sinceridade. "Sei que você é uma pessoa muito reservada, quase misteriosa às vezes. Só quero que você saiba que estou sempre aqui para você, se alguma vez você quiser falar sobre alguma coisa, eu estou aqui. Você passou muito tempo com o meu povo, sabe que não tratamos amizades levianamente. E eu estou sempre aqui para te dar uma mão. Se houver algo que eu possa fazer ao meu alcance, eu estaria pronta para ajudar da maneira que eu puder."

"Bem, eu sinto a mesma coisa, Jana", respondeu ele enquanto servia o café deles.

Ele queria perguntar a ela diretamente sobre a sua dependência de drogas, oferecer o que pudesse. Ele moveria o céu e o inferno se houvesse uma única coisa que isso mudasse. Acima de tudo, ele queria dizer-lhe que a amava.

"Porque você não me deixa procurar estas pessoas para você na Internet?", perguntou ele gentilmente. "Não demoraria muito, e você poderia ter a certeza que não haveria surpresas pela frente."

"Acho que sim", ela estava relutante. Ele sabia que ela não queria parecer tola, e provavelmente estava mais preocupada em ficar envergonhada se ele encontrasse algo errado pouco antes de ela ir para a estação Amtrak.

Ele foi até sua estação de trabalho na antessala da sala e fez uma rápida busca depois que Jana voltou ao seu apartamento para recuperar o cartão de visita que lhe havia sido dado.

"Bem, o site deles parece legítimo, e eu fiz algumas verificações de nome e parece que eles estão conectados com várias outras empresas", Steve finalmente admitiu depois de uma verificação superficial. "Acho que você não tem muita escolha a não ser ir dar uma olhada.Bem, você tem o meu número de celular. Talvez eu não atenda aqui na cidade, mas se eu vir o seu número este fim de semana no identificador de chamadas, eu estarei pronto para vir correndo."

"Tudo bem, meu querido amigo", ela lhe deu um grande abraço enquanto ele a acompanhava até à porta. "Faça uma oração por mim, e eu ligo assim que voltar, se você não estiver aqui."

A sensação do seu corpo ao lado do dele deu-lhe uma súbita pressa, e o cheiro do cabelo dela era estimulante. Ele afagou sua costa suavemente, querendo mais do que tudo segurá-la em seus braços um pouco mais.

"Tome cuidado, Jana", ele sorriu.

Ela fechou a porta suavemente, levando um pedaço do seu coração junto com ela.

Lucic e Tracker chegaram à orla marítima sob a Ponte de Manhattan pouco antes da meia-noite, onde tinham combinado de se encontrar com Ilija Ljubica. Lucic notou que Ljubica não usava um carro para se locomover e provavelmente dependia de táxis, ou talvez de caronas de seus amigos de gangue russos. Nessa noite, ele estava sozinho na rua, parado perto de uma antiga cerca de arame em torno de uma doca privada em mau estado de conservação. A polícia parou onde ele estava e saiu do carro para encontrá-lo na calçada, longe de um poste de luz solitário perto da esquina do quarteirão.

"Que lugar que você escolheu para fazer negócios", Lucic reclamou. "Você não acha que uma viatura estaria aqui num minuto, imaginando o que diabos estamos fazendo aqui?"

"Esse ainda é um país livre, que eu saiba", Ljubica contra-atacou. "Claro, com esta administração, quem sabe dizer."

"Nós não estamos aqui para discutir política, Ilija. O que é que você tem para mim?"

"Fetisov me enviou para fazer um acordo contigo",

revelou Ljubica. "Ele sabe que Evilenko está planejando expandir as suas operações para a área de Manhattan. Ele tem alguns grandes investidores com os russos e os chineses. Fetisov está preocupado que alguns dos *vors*[1]em Moscou possam estar se virando contra ele e apoiando Evilenko."

"O que é que ele acha que eu posso fazer para ajudar?"

"Ele acha que você está investigando o Evilenko pelas vítimas de sequestro cujos corpos foram encontrados nas Catskills. Ele tem provas que talvez você possa usar. Eles só querem a sua garantia pessoal de que se as entregarem, vai fazer o que puder para tirar os federais das costas dele. Ele acredita que é uma troca justa, deixando-o para lá em troca dos assassinos das crianças desaparecidas."

"Ele deve saber que não tenho autoridade para fazer esse tipo de acordo", Lucic balançou a cabeça. "Posso falar com o Capitão Willard, e ele pode ver se o Chefe Madden vai aceitar, mas não lhe posso dar uma garantia em nada."

"O subchefe dele veio te encontrar", Ljubica acenou em direção ao prédio abandonado do outro lado da rua. "O carro deles vem buscá-los em quinze minutos. Esta é uma oferta única. Se você não estiver disposto a interceder, eles vão agir sem você e enfrentar o próprio Evilenko."

"Merda", Lucic sibilou. Ele não achava que Ljubica faria alguma estupidez aqui. Ele sabia como os russos eram imprevisíveis e talvez percebessem rapidamente a recusa do Lucic como um insulto. O resultado era que se isto vazasse, poderia ser dito por seus detratores que Lucic deixou passar uma oportunidade para evitar uma guerra de gangues dentro da máfia russa.

"Ali em cima", Ljubica apontou para a porta escura cuja porta ou estava quebrada ou desaparecida. "Vou a pé até a Canal Street e pegar um táxi para que ninguém saiba que estive aqui perto."

Os policiais dirigiram-se para a porta e destravaram os coldres, prontos para sacar ao primeiro sinal de problemas. O corredor com cheiro de mofo estava lotado por uma escadaria que levava ao andar superior. Lucic e Tracker aproximaram-se na ponta dos pés, subindo cuidadosamente os degraus com os olhos e ouvidos bem abertos.

Quando ambos chegaram ao patamar, viram que todo o andar da vitrine estava deserto, tendo as janelas de cada lado da enorme sala há muito tempo quebradas. Os dois avançaram em busca dos russos, e de repente, homens saíram de trás dos quatro grandes pilares que sustentavam o telhado. Eles abriram fogo com pistolas equipadas com silenciadores, crivando Benny Tracker com balas enquanto ele caía no chão empoeirado.

"Mãos sobre a cabeça!" O líder dos mascarados apareceu. "Faça qualquer movimento estúpido e você morre com o seu amigo!"

"Suba essa escada!" gritou um segundo atirador, apontando para uma escada que levava a uma escotilha para o telhado. "Há homens lá em cima esperando, se você fizer alguma idiotice, eles vão estourar seus miolos!"

Lucic entorpecidamente fez o que lhe disseram, afastando-se de Tracker em direção à escada. Ele sabia que estes poderiam ser os últimos momentos da sua vida, e tudo que podia fazer era jogar a sua mão e ver se podia forçar uma chance em algum lugar. Ele subiu a escada lenta e cuidadosamente, esforçando-se para não fazer nada que os fizesse atirar.

Como eles disseram, havia três homens no telhado a sua espera. Um deles agarrou-o pela parte de trás do colarinho e empurrou-o para a borda do telhado. Ele olhou para baixo e viu que o prédio estava no topo de uma doca em uma área da baía que levava diretamente para o rio. O mais alto dos homens mascarados veio e parou bem atrás de Lucic.

"É isso, detetive", disse Bojan Evilenko enquanto seu capanga fazia Lucic olhar em direção à beira do telhado. "Este é o seu pagamento pela sua dedicação, bravura, tenacidade... e estupidez intransigente."

Lucic ouviu o clique do revólver e atirou-se para a frente. Ele ouviu o pistoleiro disparar e sentiu um par de tiros queimando suas costas antes de cair a mais de sessenta metros no East River.

CAPÍTULO SETE

Vagabundos que buscavam refúgio sob as pontes e dentro dos armazéns abandonados ao redor da área notificaram os locais que chamaram a polícia. Encontraram o detetive inconsciente na doca de carregamento ao amanhecer. Lucic foi levado para o Hospital Bellevue enquanto navios da polícia eram chamados para retirar o corpo de Benny Tracker do rio. Ele tinha deixado para trás uma esposa e cinco filhos, e a cidade inteira ficou atônita com a trágica perda.

Lucic disse aos investigadores do hospital que tinha sido Ilija Ljubica quem levou ele e Benny ao armazém, mas ele ainda não queria que Ljubica fosse pego. Ele lhes disse que não tinha certeza se Ljubica tinha alguma coisa a ver com isso. O mais provável é que ele estava apenas seguindo ordens. Ele disse a eles que todos os homens armados usavam máscaras e não deu nenhuma razão para terem atraído os policiais para seu fim.

As balas tinham atingido seu bíceps esquerdo e sua nádega direita. Aquela que havia causado os danos mais graves alojara-se na coluna vertebral e necessitaria de cirurgia para sua remoção. Por enquanto, era uma área tão delicada que não iriam tocar, temendo que uma falha aleijasse-o para o resto da vida. O hospital providenciou-lhe uma cadeira de rodas e muletas antes de o deixar sair na manhã seguinte.

Ele recebeu uma ligação de Steve Lurgan, que o esperava na entrada de emergência com um furgão. Steve e um dos atendentes ajudaram Darko a entrar no banco do passageiro antes de dobrar a cadeira de rodas e depositá-la na parte de trás do caminhão.

"Espero que você ainda tenha o controle do seu encanamento ou vamos ter problemas", disse Steve enquanto voltavam para o apartamento do Lucic em Greenwich Village.

"Não, tudo está funcionando, exceto as minhas costas. Eles me encheram com hidrocodona. Se me mexer errado, é como se a Con Edison ligasse um interruptor em mim. Os choques elétricos explodem do peito para baixo. Dizem que vão ter de deixar a minha coluna vertebral firmar-se em volta da bala antes de tentarem puxá-la para fora. Muito cedo, vai causar mais danos. Muito tarde e ela vai ficar lá para sempre."

Eles chegaram à casa de Lucic e passaram pelo incômodo de carregar Darko para a cadeira de rodas e rolá-lo até o prédio na West 4th Street. Pegaram o elevador para o seu apartamento no terceiro andar, onde Steve o ajudou a se instalar em sua poltrona reclinável antes de procurar os preparativos para um bule de café.

"Muito bem, aqui está a minha oferta", Steve trouxe o café e sentou-se no sofá da sala em frente ao Lucic. "Vou dar a você os treinadores de cães em troca da sua ajuda para resgatar Jana. De alguma forma, Bojan Evilenko descobriu que eu estava aqui na cidade e pensou que eu tinha uma pista sobre os coletores de órgãos do mercado negro. Ele sabia que eu estava investigando-os no Kosovo durante a guerra. Ele fez uma conexão com Jana e atraiu-a até lá, depois me enviou um e-mail com uma oferta de emprego. Tenho certeza que se eu não concordar, ele ameaçará a Jana para me forçar a ir com ele."

"Merda", Lucic olhou para o tapete. "Não posso acreditar nisto. Aposto que o Evilenko teve algo a ver com a emboscada contra mim e o Benny. Ele provavelmente queria tirar-nos do caminho se ele suspeitava que estávamos procurando por você. Eu também não estou descartando Ilija Ljubica. Contamos com ele para obter informações sobre o Evilenko. Mas vou te dizer, se o Evilenko está com a máfia russa, ele tem um grande peso atrás de si. Aqueles caras estão ficando tão fortes quanto a Máfia aqui na cidade."

"O que precisamos é de uma sala segura, um cofre subterrâneo ou um frigorífico de carne em algum lugar", sugeriu Steve. "Vou fazer um acordo para que você possa descobrir tudo que precisa saber sobre os adestradores de cães. Depois disso, preciso da sua promessa solene de que vai me ajudar a resgatar a Jana."

"Sala segura? Cofre?"

"Tem de ser algo que aconteça de imediato, Darko. O tempo é um fator importante aqui. Não posso dar-me ao luxo de ficar sentado esperando que você prepare isto."

"Está bem, relaxa", Darko levantou a mão. "Há um traficante de drogas em Staten Island que apanhamos há cerca de uma semana, com uma acusação RICO. O Governo pegou tudo no local e trancou-o. O cara tinha um cofre subterrâneo onde guardava todas as suas coisas: dinheiro, drogas e armas. Quando ele foi preso, transformou-se numa sala de evidências. Eu conheço a equipe que vigia o local, eles podem me arranjar as chaves."

"Tudo bem", Steve concordou suavemente. "Liga para mim quando você tiver tudo preparado e eu venho por volta das cinco da tarde."

"Soa como um plano", concordou Lucic.

Darko passou a manhã ao telefone e finalmente ligou para o Steve para lhe dizer que estava tudo pronto. Uma viatura da polícia de Nova York saiu ao final da tarde para deixar as chaves da mansão, e Steve apareceu cerca de meia hora depois. Eles passaram pelo trabalho de carregar Darko para a cadeira de rodas e para a van lá fora, e logo estavam a caminho do centro da cidade em direção à balsa de Staten Island. Darko reparou que Steve continuou a olhar para o relógio e percebeu que devia ter marcado um encontro certeiro com o pessoal dos cães. Ele tinha dado o endereço a Steve com antecedência, então, sem dúvida, os tratadores estariam esperando por eles.

Ele abaixou a janela enquanto atravessavam o rio até Staten Island, respirando a água salgada enquanto a balsa passava ruidosamente. Ele sentiu uma onda de nostalgia enquanto pensava em seus dias de infância, quando sua mãe o trazia para cá para passear. Ele estava no ensino fundamental quando eles fugiram da Sérvia, e ela queria aprender tudo sobre sua nova pátria e levá-lo com ela em suas excursões. Ela estava determinada a assimilar sua nova cultura, mas ele descobriu que era impossível deixar a Sérvia totalmente para trás, Nunca essa constatação pareceu mais certa do que agora.

Eles saíram da estação da balsa pelas estradas em direção às áreas residenciais e encontraram a mansão do traficante cercada por um muro de dois metros e meio com um portão principal de ferro forjado. Darko deu as chaves a Steve, que destrancou a corrente do cadeado para que ele pudesse passar a van antes de trancar atrás deles. Ele então passou pelo processo de depositar Darko na cadeira de rodas antes de abrir as pesadas portas de madeira da mansão de estuque para permitir-lhes entrada. Steve trazia um saco de lona pesado com ele enquanto conduzia Darko para dentro.

"Então, onde seus rapazes devem nos encontrar, eles vão ligar para você?"

"Bem, primeiro vamos ao principal. Onde está o cofre?"

Eles pegaram o elevador da mansão até o nível do porão, e Steve levou Darko até a extremidade oeste da câmara, onde estava localizada a enorme porta do cofre. Era como se estivesse dentro de um banco, e Darko precisou dar a Steve um conjunto de códigos para abrir o invólucro de aço. Havia também um botão vermelho de emergência no painel, que podia ser ativado para abrir o cofre sem o código caso alguém ficasse preso no interior por acidente.

"Bom e elegante", Steve expirou, tenso, notando o monitor em um console próximo ao cofre, proporcionando acesso visual por meio de uma câmera instalada no interior. Ela permitia que o proprietário visse a atividade dentro do cofre sem ter que abri-lo no caso de alguém conseguir entrar sem ser detectado. "Isso deve ser o suficiente. Vou precisar que grave tudo. Você sabe como mexer com isso?"

"Eu sou policial há cerca de vinte anos", retorquiu Darko. "Olha, acho melhor você me contar o que está acontecendo aqui. Quando é que o seu pessoal vai aparecer?"

"Muito bem, vou ser sincero com você, e parte disso vai ser muito difícil de engolir até que tudo comece a acontecer", Steve verificou novamente o relógio. "Ninguém vai vir, somos só você e eu."

"Você deve estar brincando", Darko estava exasperado.

"Nos anos 90, quando eu estava no Kosovo, contraí essa doença chamada licantropia", Steve tentou explicar. "É uma doença extremamente rara e não há cura conhecida. Tenho certeza que Evilenko ficou fascinado com as suas possíveis aplicações militares e começou a me rastrear. Ele me rastreou aqui nos Estados Unidos e agora está tentando me coagir a ajudar com seu projeto de alguma forma doentia."

"Licantropia?" Darko tentou rir. "Você quer dizer como nos filmes?"

"Chama-se licantropia clínica em termos psiquiátricos", insistiu Steve. "A vítima imagina-se transformada num lobo. Durante os episódios, as alucinações de muitas pessoas são tão intensas que ficam sobrecarregadas de adrenalina e são capazes de proezas de força sobre-humana. Tenho certeza que você está familiarizado com os usuários de PCP enlouquecendo e arrancando algemas."

"Então você quer que eu grave isso", Darko suspirou, tenso. "Olha, não me importo de tentar te ajudar, e te dei a minha palavra que ajudaria a Jana, mas isto não está funcionando muito bem da minha parte. Eu tive cadáveres no necrotério que foram rasgados por cães, ou um verdadeiro lobo vivo, não um cara imaginando que se transformou em um. Espero que você não vá me renegar com isto."

"Olha, apenas me tranque naquele cofre, ligue o vídeo e não importa o que aconteça, pelo amor de Deus, não abra essa porta. Entendido?" Steve olhou freneticamente para seu relógio, sabendo que o sol provavelmente pusera-se e que a lua cheia lá fora estaria visível no céu noturno.

"Está bem, mas só vai haver ar suficiente lá dentro para durar até de manhã", Darko rolou-se até onde Steve abriu o cofre e ligou a iluminação fluorescente.

"Será tempo mais do que suficiente", disse Steve ao entrar no cofre e fechar a porta maciça atrás dele.

Era o raiar do dia quando Darko finalmente abriu a porta do cofre. Tinha sido a noite mais horrível que ele já havia vivido, e entre Benny ser assassinado e ele ser colocado numa cadeira de rodas, essas últimas setenta e duas horas haviam sido como um inferno na terra para ele. Ele ainda duvidava da sua sanidade e se perguntava se o estresse tinha colocado-o no limite.

"Steve!" ele chamou para o cofre. "Steve!"

Lurgan estava nu, deitado de bruços no chão de metal com a roupa e as botas rasgadas em pedaços, esfarrapadas a sua volta. Darko ficou espantado que não só Steve estava sem um arranhão, mas não havia uma gota de sangue para ser vista em qualquer lugar. Steve conseguiu levantar a cabeça e rolar, invocando suas forças para que pudesse levantar-se e sair do cofre.

"Você gravou?" Steve foi ao saco de lona e recuperou um conjunto de roupas sobressalentes.

"Sim, eu gravei", a mente do Darko estava correndo.

"Nunca vi isso antes. Tinha que ver a coisa por mim mesmo para descobrir o que fazer com o resto da minha vida."

"Os gritos eram a coisa mais terrível", disse Darko enquanto olhava sem ver para a tela escura. "Não foi o grito de um homem ou besta. Era o grito torturado de dezenas de almas, talvez centenas, possivelmente milhares. Acredito que eles ainda estão presos dentro da besta. Acredito que estão todos dentro dela, gritando do abismo, todos aqueles que ela possuiu. Ouvi os seus gritos a noite toda, e rezo a Deus para que nunca mais os ouça."

Steve ligou o interruptor e correu o tempo de volta às 1800 horas, vendo onde entrou no cofre a partir de uma vista aérea no canto, quando a sequência começou.

"Se não eram os gritos, eram os gritos de um animal torturado", Darko olhou num tom entorpecido para o teto. "Eu amei animais toda a minha vida, e a maneira como aquela coisa gritava, meu Deus, era insuportável. Parecia que estava sendo massacrado. E quando não estava gritando ou chorando, estava rugindo, como um monstro do inferno, o próprio Diabo. Eles não fizeram um filme que pudesse fazer aquele barulho. Nem consigo descrevê-lo, era um rugido de ódio cru, fúria, maldade. Não sei como é que algo que pudesse rugir assim não conseguia sair por aquela porta."

"Caramba", Steve olhou para o monitor com uma reverência assombrosa. "Puta merda."

"Steve, já gastei a minha garrafa inteira de hidrocodona. Devia estar completamente chapado, mas estou perfeitamente acordado. Minha mente está voando como um foguete, mas meu corpo parece que foi pego por uma avalanche. Preciso voltar para a minha casa, ou para o hospital, para qualquer lugar menos aqui."

"Oh meu Deus", lágrimas escorreram pelas bochechas de Steve quando ele viu o que o possuía há quase quinze anos. "Oh, meu Deus."

"Não sei como isso vai acabar, Steve", Darko disse. "Como você pode levar essa coisa para qualquer lugar? Como é que você vai controlar isso? Como é que você sabe que não vai matar a Jana, ou a mim? Pior ainda, como é que vai colocar algo assim em outro ser humano?"

"Se Evilenko conseguir o controle, você verá uma onda de terror nesta cidade como você não poderia imaginar, e você sabe disso", Steve murmurou.

Ele viu o vídeo enquanto o seu corpo convulsionava, sendo atirado ao chão pelo demônio antes de entrar em violentos espasmos e contorções. Ele se viu enrolado em uma posição fetal e deitado lá por um longo tempo, antes que eventualmente a cabeça do lobo se levantasse e espreitasse sobre seu ombro. Ele começou a assear-se, rasgando as roupas de seu corpo até que finalmente se levantou e se sacudiu. Depois começou a rosnar, farejando ao redor do cofre de dez metros antes de perceber que estava trancado. Depois começou a uivar e rugir, batendo contra a porta em vão. Steve avançou rapidamente uma hora adiante, quando começou a se esmagar contra a porta até que seu focinho estava pingando com sangue e espuma.

Nessa altura começou a mastigar as próprias patas, rasgando-se como se estivesse tentando escapar de uma armadilha. Ela roeu-se até o osso até não conseguir mais se levantar, caiu para um lado e chorou até que de repente foi atrás das pernas traseiras. Começou a mastigar as patas traseiras até que se deitou numa poça do seu próprio sangue. Nessa altura, o animal aleijado deitou-se de lado, chorando, gritando e rugindo durante a noite. Steve adiantou novamente até as 0600 horas, e o animal tinha se enrolado em uma posição fetal e deitado lá até Darko abrir o cofre. Steve rebobinou e acelerou, e só podia perceber que o sangue da besta tinha aparentemente evaporado como água.

"Se você for voltar a assistir, terá que diminuir o volume", Darko murmurou.

"Não, eu já vi o suficiente. Apague isso e vamos embora."

Eles dirigiram em silêncio de volta para a balsa, mas quando o barco começoua viagem pelo rio, Steve repentinamente se animou com o que havia visto.

"Sabe, foi como ser intolerante a álcool no início", revelou ele. "Eu desmaiava e não conseguia lembrar-me de nada. Ao longo dos anos, cheguei a um ponto em que me lembrava de trechos de coisas, como num sonho. Esta é a primeira vez que vejo isso acontecer, e agora faz mais sentido. A maldita coisa é invulnerável. Eu sei que já levou balas antes, sobreviveu ao fogo automático. Você ouviu como bateu na porta do cofre? A porta de aço estava ecoando com as batidas. Além disso, a forma como sobreviveu depois de ter se mastigado. Darko, se houvesse uma maneira de ser usada para o bem, pensa nisso. A maldita coisa pode ajudar a encontrar uma cura para o câncer."

"Não sei o que você vai fazer com isso", Darko ainda estava sobrecarregado com a experiência. "Não sei como alguém vai conseguir controlar essa coisa. Não devíamos ter apagado o vídeo. Ninguém no seu perfeito juízo vai acreditar em nós."

"Eu não podia correr o risco de você se voltar contra mim, Darko", revelou Steve. "Muitos caras teriam me mantido preso e chamado a polícia. Eu arrisquei muito te contando sobre isto. A minha única esperança teria sido os policiais dispensando você e me colocando em observação. Eu confiei em você porque preciso da sua ajuda. Ainda vou precisar que você me ajude a resgatar Jana."

"Steve, ainda tenho de pensar nisto tudo", admitiu Darko. "Como posso deixar você soltar esta coisa no Evilenko? Eu seria cúmplice de homicídio, no mínimo. Se essa coisa fez o que fez àqueles traficantes, de que mais é capaz?"

"Olha, a vida da Jana está em perigo. Se você recuar, e mesmo se chamar a polícia e avisar o Evilenko, ele simplesmente levaria Jana para onde eu não conseguiria encontrá-la. Mesmo se você colocar uma bala na minha cabeça agora mesmo e acabar com essa coisa, você ainda deixa Jana morrer. Ela já viu demais para o Evilenko correr o risco de deixá-la viver. Ele acabou de mandar matar o seu parceiro, acabou de assassinar um policial. Você acha que há alguma coisa que ele não faria para chegar onde quer?"

"Temos que deixar outra pessoa participar nisto", insistiu Darko. "Está ficando grande demais para nós. Suponha que algo aconteça comigo, ou suponha que ele se apodere de você e descubra o segredo? Suponha que há uma maneira de ele analisar o teu sangue e encontrar uma maneira de reproduzir essa coisa? Ele não precisaria mais de você, ele pode acabar contigo e transformar o seu próprio povo em monstros."

"Olha, há muito mais do que isso, não é assim tão fácil. Eu fui infectado por outra pessoa que tinha a doença. Ela me atacou e eu a matei, e a coisa tomou posse de mim, como uma possessão demoníaca. Não está no meu sangue, está na minha cabeça. Você já viu essas coisas de *Exorcista*, não é só superstição, eles têm provas documentadas de que coisas como esta acontecem."

"Não desta maneira, Steve. Não desta maneira."

"Muito bem, escute. Se você me ajudar a resgatar a Jana, vou-me mudar para algum lugar, para fora do país, e nunca mais alguém vai me ver. Agora que já vi a maldita coisa, sei que não há outra maneira. Vamos tirar Jana de lá de qualquer maneira, talvez eu consiga encontrá-la e levá-la sem problemas. O Evilenko está comandando uma frente legítima, não sei se ele vai querer me atacar em plena luz do dia. Se eu conseguir tirá-la de lá sem uma cena, nós ficaremos bem. Não vou esperar até escurecer, a menos que seja a única maneira."

"Você vai me deixar?" Darko cedeu.

"Voltarei por volta das duas, devemos levar algumas horas para dirigir até o norte do estado", respondeu ele. "Vou tentar pegar o e-mail da Jana ou enviar-lhe uma mensagem no celular. Vou deixá-la saber tudo que puder sobre a empresa do Evilenko e espero tê-la pronta para ir quando chegarmos lá."

"Está bem, vou mais uma rodada", Darko expirou, tenso. "Eles mataram o meu parceiro e puseram-me numa cadeira de rodas. Eu sei que isto é algo que posso lamentar para o resto da minha vida, mas concordo que há uma moça inocente apanhada no meio disto. Aviso você, meu amigo, se algum civil inocente for apanhado no meio disto, eu pego meu celular e ligo para a equipe da SWAT."

"Eu não faria diferente."

E assim os dois homens continuaram até ao seu encontro com o destino.

CAPÍTULO OITO

Jana tinha recebido o e-mail do Steve pouco antes das 16h daquela tarde. Ele continha um arquivo .zip e lhe disse para usar o software para saber mais sobre a empresa e por que ela deveria fazer planos para sair imediatamente. Ela abriu o arquivo e encontrou instruções para acessar o Safecracker ver. 78.9. Ela o fez relutantemente, e um personagem do tipo Mr. Peanut piscou o olho através de seu monóculo, inclinando sua cartola antes de usar sua bengala como cursor. Ele a acompanhou através do tutorial e imediatamente ela tinha um ícone em sua mesa no canto superior direito da tela que só aparecia quando ela passava o cursor sobre ele.

"Jana, estarei nas instalações até tarde desta noite, mas estarei incomunicável", a voz de Evilenko veio por cima do intercomunicador. "Se surgir alguma coisa, contate Ilija pelo celular. Ele e os homens estarão à disposição para supervisionar uma grande entrega de equipamento esta noite. Soube que você estará aqui até por volta das nove. Você pode sair pelo portão da frente. Se houver guardas lá, eles próprios te deixarão sair."

"Obrigada, Sr. Vlasic", ela disse.

Esta era uma das piores situações em que ela já esteve envolvida. Sr. Vlasic a tratava como uma filha, e Ilija Ljubica tinha sido quase como um amigo de confiança durante os últimos dias. Ela verificou sua conta bancária, e $7.692 tinham sido depositados na manhã em que ela chegou ao MPS para se apresentar para o trabalho. Ela pagou o saldo de seu cartão de crédito e a maioria de suas contas de uma só vez, e estava ansiosa para começar. Eles lhe deram um manual de treinamento que a acompanhou através de sua pequena lista de tarefas. A maior parte do que ela fazia era manter em ordem a agenda de compromissos do Sr. Vlasic e verificar os guardas para ter certeza de que eles estavam mantendo sua patrulha de hora em hora.

Comprometer esta situação estava fazendo a barriga dela se revirar. Se eles descobrissem que ela estava hackeando-os, ela seria despedida com certeza. Como ela estava usando um carro da empresa para ir e voltar para sua suíte alugada, ela poderia até ter que voltar a pé para a cidade. Ela teria rejeitado Steve completamente se eles também não tivessem manifestado o desejo de que ele se juntasse ao pessoal deles. Ele deve ter encontrado alguma informação urgente sobre a conduta errada da HPS para ter sugerido que ela colocasse em perigo a sua posição. Foi apenas por sua crença no tipo de pessoa que Steve era, e por saber como ele cuidava dela, que ela prosseguiu.

Ela abriu o arquivo, e Poindexter de *Felix o Gato* apareceu em seguida na pequena tela, que só apareceu quando tocada pelo seu cursor. Ele a orientou a puxar o banco de dados de contas restritas da empresa e pediu-lhe que esperasse enquanto ele começava a traduzir os nomes das pastas do arquivo. Ele então apontou que um arquivo criptografado chamado "China" parecia ser o banco de dados mais seguro e perguntou se ela desejava prosseguir.

A seguir, Poindexter localizou as pastas de arquivos da China e traduziu os nomes dos arquivos, depois indicou que estaria pronto para converter o texto e os gráficos de cada arquivo que ela escolheu para investigar. Ela clicou no arquivo doador, e ele puxou uma lista que apareceu como se fossem pacientes em um arquivo médico. Clicando duas vezes, ela encontrou informações médicas detalhadas, e mais uma opção permitiu-lhe ver os relatórios de autópsia deles. Com dedos trêmulos, ela escolheu o prompt final, mostrando que órgãos tinham doado e quais permaneceram disponíveis.

Sem sombra de dúvida, a empresa estava envolvida em muito mais do que pesquisa de software. Ela tinha lido sobre os sequestros de fugitivos em Nova York, e seus restos mortais encontrados no norte do estado de Nova York, mas descartou os artigos como sendo fanfarra de tabloide. Ela estava familiarizada com tais rumores desde a Sérvia, onde os militantes tinham acusado os muçulmanos de fazerem a mesma coisa. Muitos descartaram isso como propaganda destinada a demonizar o inimigo, mas neste caso as provas vieram dos próprios documentos dos perpetradores.

Ainda se recusando a acreditar em seus olhos, ela fez uma pesquisa no Google sobre os pacientes listados no banco de dados. Ela encontrou um, depois outro, e ficou horrorizada com a descoberta de que cada paciente era listado como uma pessoa desaparecida pela polícia de Nova York. Ela estava agora diante da perspectiva de ter que notificar a polícia sobre sua descoberta. Ou isso, ou ela teria de confrontar Sr. Vlasic com as suas descobertas. Isso poderia ser um erro fatal da parte dela, já que as pessoas envolvidas neste tipo de negócio estavam ligadas a assassinos que, sem dúvida, matariam para encobrir seus rastros.

Ela considerou freneticamente suas opções, e não estava nem perto de uma solução quando duas figuras apareceram na entrada da enorme suíte onde Jana tinha seu próprio cubículo lateral de escritório. Ela olhou para cima e viu Zora Vladic entrar com Ilija Ljubica acompanhando-o.

"Jana, minha querida", o Evilenko sorriu secamente. "Você parece um pouco indisposta."

"Sim, Sr. Vladic", ela estremeceu. "Tenho uma dor de cabeça que não passa."

"Parece que ela começou de repente. Você parecia estar bem há pouco tempo. No entanto, eu sei como essas coisas podem aparecer do nada. Não temos forma de saber como uma crise pode desenvolver-se num instante, não é?"

"Eu... acho que não, senhor", Jana pigarreou, colocando o rosto nas mãos momentaneamente para tentar se recompor.

"Por que você não vai em frente e tira o resto do dia de folga, minha querida", ele sorriu suavemente. "De qualquer forma, já passa das horas normais. Ilija vai acompanhá-la até o seu veículo para que você não tenha que lidar com aqueles guardas de segurança chatos por todo operímetro. Eles estão trazendo algum equipamento importante e estão identificando todos para desencorajar espionagem corporativa por pessoas não autorizadas no local."

"Muito obrigada, senhor, peço desculpa. Chegarei bem na hora amanhã, com certeza."

"Tenha uma boa noite, Jana. Descanse um pouco."

Houve um silêncio desconfortável entre ela e Ilija enquanto desciam no elevador até o subsolo da garagem, e ela encontrou a Mitsubishi Galant preta sozinha no estacionamento a esta hora da noite, como sempre. Eles se deram uma boa noite, mas quando ela ligou o motor, ela descobriu que ele tinha morrido.

"Tsk, tsk, estes carros japoneses", Ilija ficou à distância, abanando a cabeça. De alguma forma ela teve uma estranha sensação de que ele estava antecipando tal evento. Ele disse a ela que mandaria o revendedor mandar um substituto imediatamente, e que a mandaria esperar em uma das salas de descanso lá embaixo enquanto ele o fazia.

Ele segurou a porta para ela, e ela entrou na sala onde um par de mesas estavam lado a lado entre máquinas de lanches. Ela suspirou enquanto remexia na bolsa, puxando o celular e descobrindo que não conseguia sinal aqui embaixo. Como uma ideia tardia, ela decidiu ir ao banheiro para retocar e se assustou ao descobrir que a porta estava trancada.

Ela entrou em pânico quando começou a gritar e a bater no painel grosso e estreito da janela da porta de aço. Ela olhou o mais longe que pôde para ambos os lados e viu o andar deserto. Ela percebeu que sua única esperança era que Ilija voltasse, e resignadamente tomou um lugar na mesa esperando que ele voltasse antes que ela tivesse um ataque de pânico.

. . .

Lá fora, Steve e Darko haviam parado na van quando o sol começou a pôr-se no oeste. Ele encheu o céu de manchas vermelhas, douradas e roxas, antes de dar lugar à lua prateada, e os dois homens olharam para ela com receio, preparando-se para o pior.

Eles tinham visto os quatro furgões pretos pararem com seus logotipos HPS dourados na lateral, homens carrancudos e fortes descarregando dos veículos o que pareciam ser arcas de aço especialmente construídas. Tanto Steve como Darko adivinharam que estes eram os recipientes de transporte para os órgãos e partes de corpos, que estavam sendo entregues para envio ou à espera de serem embalados. Ambos ficaram chocados com a ideia de tantos órgãos terem sido colhidos e que o negócio era tão rápido que as partes dissecadas estavam apenas à espera de serem recebidas e compradas por compradores ávidos.

"Ok", Steve grunhiu dolorosamente. "Está acontecendo. Assim que a mudança estiver completa, abra aquela porta e afaste-se da janela. A maldita coisa deve ser capaz de se deixar sair."

Uma emoção de pavor correu ao longo da espinha de Darko enquanto Steve se lançava pela porta e entrava na parte de trás da van. Ele tinha visto a mudança acontecer no vídeo, mas não fazia ideia de como seria se estivesse ao seu lado com apenas uma fina parede de metal que o separava da besta. Ele também sabia que a maldita coisa provavelmente tinha cerca de cento e quarenta quilos e tinha mais de um metro e oitenta de altura nas patas traseiras. Isto seria como ter um jogador de futebol profissional querendo arrancar a cabeça de alguém, se alguma vez o jogador tivesse a força de um animal possuído por demônios. De repente ele se arrependeu de ter concordado com tal coisa. O conceito de salvar vidas de repente o atingiu em cheio, e ele estava prestes a confrontar Steve e desistir quando o lobo começasse a gritar.

Era o som mais horrível que ele já tinha ouvido, os gritos e berros de dezenas de homens presos dentro da besta, implorando para serem libertados do inferno vivo que se tinha tornado o corpo de Steve. Eles gritavam e imploravam em uma cacofonia de vozes torturadas até que finalmente se misturaram em um rugido primordial, pior do que qualquer gato, macaco ou cachorro já criado. Ele ouviu a agitação dos membros de Steve transformando-se em pancadas e arranhões, e foi como se Darko estivesse ouvindo a transmogrificação de seus braços e pernas ocorrendo.

Ele nem mesmo se atreveu a olhar pela janela. Ele permaneceu congelado no banco do motorista, esperando que o monstro não soubesse que ele estava lá, simplesmente querendo escapar. Darko abriu as trancas da porta e sentou-se transfixado enquanto os rugidos diminuíam, o lobo tentando se orientar. O silêncio continuou por um momento eterno, até que, de repente, a abominação percebeu que as portas poderiam ser abertas. As portas foram golpeadas como se fossem arrancadas de suas dobradiças, e a van balançou quando o peso de cento e quarenta quilos saltou em um piscar de olhos.

Tanto Evilenko como Ljubica estavam na suíte executiva no segundo andar, observando tudo nas instalações e na área circundante por seu sistema de vigilância de última geração. Eles viram a besta saltar por cima da grade de proteção do portão principal e avançar pelo campo como um pequeno cavalo. Ficaram espantados quando o monstro se atirou para a plataforma de carga e começou a atacar a multidão de mais de uma dúzia de homens. Embora tiros tenham sido disparados, ninguém sob o céu poderia ter-se preparado para tal ataque, então eles tentaram fugir, mas foram derrubados e despedaçados.

"Aqui", Evilenko foi até um painel escondido atrás de uma pintura a óleo, e o abriu para revelar um esconderijo de armas automáticas. Ele produziu uma espingarda automática AK-47 montada com um lançador de granadas BGA-40, entregando-a a Ljubica. "Isto vai parar a criatura. Encontrarei você no ponto de encontro em Brooklyn, ondecomeçaremos nosso plano alternativo. Sem dúvida, Lucic terá este lugar cheio de policiais dentro de horas. Você pode deixar a garota ou acabar com ela, não faz diferença nesta altura."

"Como---" A mente de Ljubica corria enquanto ele recebia a arma de Evilenko. Ele sabia que o Capitão havia planejado propor a Lurgan que se juntasse à organização como executor e assassino, mas os detalhes nunca foram discutidos. Não havia como alguém pensar em algo assim. Não havia palavras para descrever a carnificina que ele tinha acabado de testemunhar no monitor. Mesmo sendo um veterano experiente com vinte anos de experiência em batalha, ele se sentiu quase como se estivesse recebendo um arco e flecha para enfrentar um leão.

"Não me interessa o que seja, não pode sobreviver a uma granada", rosnou Evilenko. "Tranque o elevador e não saia até que você veja claramente a maldita coisa. Atire como quiser, mas se estiver ao alcance, dispare a granada e acabe com ela. Nunca mais voltaremos aqui, não temos mais utilidade para este lugar. Exploda tudo se for preciso, e nos encontramos amanhã em Brooklyn."

Ljubica viu Evilenko desaparecer nas sombras nos fundos da suíte. Ele sabia que o Capitão devia ter seu próprio túnel de fuga preparado com um veículo a sua espera em caso de emergência. Ele não podia acreditar que uma operação tão lucrativa como esta poderia entrar em colapso tão repentinamente, e ele se recusava a acreditar que foi através dos esforços de um detetive de baixo nível como Lucic. Ele supôs que deveria ter algo a ver com Lurgan, e uma vez que ele explodisse o maldito animal de Steve, ele iria procurá-lo a seguir. Ele provavelmente colocaria uma bala em Jana para garantir que ela não tivesse histórias para carregar.

Ele desceu de elevador até o nível do porão, e colocou a chave no painel de controle para que pudesse ajustar a porta deslizante por dentro. Ele permitiu que a porta deslizasse até a metade, e depois disso cerca de três quartos. Aparentemente a garota tinha ouvido o elevador chegar, pois estava batendo e gritando com vigor para chamar a atenção de alguém. Ele sorriu enquanto pensava em toda a atenção que ela iria receber assim que este maldito animal fosse abatido.

O cabelo em sua nuca se arrepiou de pavor quando viu a grande besta descendo lentamente a rampa de veículos do nível superior, seus olhos vermelhos brilhantes olhando diretamente para Ljubica através da área de estacionamento a cinquenta metros de distância. Seu focinho, peito e patas dianteiras estavam cobertas de sangue, e parecia haver vestígios de vísceras penduradas em suas papadas. Ela começou a perseguir Ljubica, arrastando-se em sua direção antes de começar a correr. Ilija engatilhou o lança-granadas, depois apontou e disparou deliberadamente contra a besta. Ljubica ficou espantado quando o monstro saltou para o lado; a granada passou pelo lobo e explodiu contra a rampa atrás dele. Com isso, a besta foi como uma rajada de luz enquanto cobria o chão até o elevador e rugiu para Ljubica. Ele começou a esvaziar o clipe da AK-47 na criatura, mas ela o esmagou contra a parede do elevador antes que ele tivesse tempo de virar.

Jana olhou freneticamente pela janela estreita da porta trancada, e só pôde ver o flash da explosão antes que o ar fosse preenchido com fumaça e pó de concreto. Ela limpou o vidro em vão, e podia ouvir os gritos de Ljubica que logo se desvaneceram sob os sons metálicos do elevador. Ela tremeu de terror enquanto se afastava da porta, ouvindo o som de cliques enquanto algo terrível se aproximava deliberadamente.

Ela gritou quando o vidro grosso explodiu de repente e o que parecia ser um par de garras entrou pela janela estreita e começou a puxar com incrível ferocidade. O metal parecia entortar sob a força até que, imediatamente, a moldura da porta cedeu e a porta bateu contra a parede externa, dando lugar a um silêncio aterrador. Jana soluçou incontrolavelmente, não ousando dar um passo adiante com um medo absoluto da coisa que espreitava do lado de fora.

Passaram-se longos minutos antes que ela fosse capaz de se forçar a caminhar em direção à porta. Não havia outra maneira de sair daqui e, se o monstro tivesse saído, ela poderia pelo menos subir a rampa até o nível do chão e fugir do local. Ela avançou lentamente em direção à porta e não ouviu nada lá fora. Após enxugar as lágrimas dos olhos, saiu para o nível inferior, quase engasgando-se com o pó de concreto no ar. De repente, ela detectou uma presença, sentindo-a mais do que ouvindo-a, depois virou-se para a sua direita e viu o monstro.

Jana Dragana tentou gritar, mas cada pedaço de energia em seu corpo ficou preso em sua garganta. Ela encarava a besta diante dela, com a cabeça quase tão alta quanto os ombros dela estando sob quatro patas. Seus olhos serpentinos, brilhando como rubis, pareciam olhar de volta para as profundezas de sua alma. Ela viu as suas presas enquanto ofegava, o seu focinho encharcado de sangue. Todos os nervos de seu corpo estavam engajados em modo de sobrevivência, e ela estava pronta para correr pela sua vida se não fosse o terror que tomava conta de seu coração. Ela percebeu que, caso se movesse um centímetro, este monstro seria capaz de arrancar o rosto dela com uma dentada.

"Bom cachorro", ela conseguiu dizer, as palavras saindo de sua boca.

Ele estreitou seus olhos, e ela sabia sem dúvida que estava morta. Ela começou a sussurrar orações a Jesus, Maria e José, mas imediatamente o lobo se virou e galopou em direção à rampa de saída. Ela caiu de joelhos, alheia ao impacto excruciante que normalmente a teria levado a gritar de dor. O animal disparou pela rampa e desapareceu.

Tudo que ela foi capaz de fazer foi cair de cara no chão, soluçando histericamente num terror abjeto. Ela deitou-se ali e chorou durante muito, muito tempo, depois conseguiu levantar-se para tentar descobrir uma maneira de escapar.

O que ela tinha considerado o Céu, esta manhã, tinha-se tornado o Inferno.

CAPÍTULO NOVE

Steve Lurgan acordou na manhã seguinte perto de um cano de esgoto em um barranco. Ele estava completamente nu e saiu de baixo de alguns arbustos até a abertura onde encontrou o saco do lixo que havia colocado lá. Ele rapidamente puxou a roupa e recuperou seus pertences, sorrindo ironicamente com a ideia de um vagabundo se deparando com o saco apenas para ficar cara a cara com o lobo. Ele enfiou sua carteira no bolso, colocou seu relógio Rolex, depois ligou para Darko Lucic em seu celular.

"Steve", respondeu ele. "Encontrei a Jana fora do complexo e trouxe-a de volta para a cidade. Ela está de volta à casa dela, espero que esteja dormindo. Contei-lhe sobre tudo exceto o lobo, e ela concordou em ficar quieta até ter notícias nossas."

"Quer dizer que a deixou no apartamento sozinha?"

"Estou do lado de fora do apartamento. Estou mijando numa lata há doze horas e sinto-me como se estivesse sentado numa lata de carvão quente. Se o Evilenko mandar alguém atrás dela, vou segui-lo o mais longe que puder antes de chamar reforços. Você está voltando?"

"Assim que eu puder chegar à estação Amtrak", respondeu ele.

Em seguida, ele entrou na Internet com seu Smart Phone e localizou um serviço de carros perto da área, convocando um veículo para pegá-lo na estrada em frente ao complexo HPS. O campus estava absolutamente sereno do lado de fora, e ninguém teria ideia da carnificina lá dentro até que ele ou Darko chamassem a polícia estadual. Enquanto ele esperava o carro, decidiu ligar para a Jana.

"Alô?" ela respondeu sonolenta depois de seis toques, e de repente estalou. "Steve!"

"Jana. Você está bem?"

"Onde você está?"

"Ainda estou em Catskill. O Darko está lá embaixo na van vigiando a entrada da frente. Se o Evilenko ou alguém do seu pessoal aparecer, ele terá reforços lá em minutos. Devo estar aí em algumas horas, então fique ai."

"Quer dizer que ninguém chamou a polícia ainda? E todas aquelas pessoas que foram mortas por aquele monstro, aquele lobo?"

"Jana, você viu aquele banco de dados. Eles estavam transportando partes de corpos. O mais importante neste momento é apanhar o Evilenko. Ele tem ligações com os russos e os chineses, e se ele sair do país nunca será levado à justiça. Se ele pensa que ainda tem tempo, provavelmente fará uma ou duas jogadas para fechar os seus negócios, e poderemos apanhá-lo."

"Foi a segunda vez que vi aquele animal, a segunda vez que despedaçou pessoas!" ela começou a chorar. "Como pode estar acontecendo uma coisa destas! A única forma de convencer alguém de que não estou louca é encontrarem os corpos nas instalações!"

"Temos provas de que o lobo fez o que fez, e tanto Lucic como eu podemos testemunhar que o vimos", ele tranquilizou-a gentilmente. "E tenho certeza que as câmeras de segurança do Evilenko apanharam tudo que aconteceu na doca de carregamento. Você não tem nada com que se preocupar. Assim que apanharmos o Evilenko, tudo estará terminado. Darko e eu vamos garantir que você nunca mais veja o animal."

"Como uma coisa dessas pode acontecer!" chorou ela. "Primeiro o Kane North e os amigos dele foram assassinados, depois os empregados da Zora Vladic! Alguém está me seguindo com aquela besta de alguma forma! Como alguém pôde trazer tal coisa para a minha vida e por quê?"

"Jana, estou recebendo uma ligação de Darko", disse-lhe ele quando o telefone começou a apitar. "Deixa-me ver o que ele quer e já te ligo de volta."

"Steve?" Lucic estava ansioso. "Um carro acabou de parar e dois homens dirigiram-se para o edifício. Tenho a sensação de que são do Evilenko."

"O que é que vamos fazer?" Steve perguntou, agitado. "Não há outra saída a não ser pela entrada da frente. Há uma saída para o beco de trás, mas não há saída para a rua a partir daí. Você consegue segui-los?"

"Vou fazer o meu melhor. Se eu os perder, não tenho outra escolha senão pedir reforços."

"Mantenha-me informado. Estarei lá assim que puder."

Steve já estava fora de si quando o taxista chegou,

e pediu ao motorista que o levasse ao serviço de aluguel de carros na cidade. Ele escolheu um Chevy Camaro edisparou com o carro em direção à rodovia dentro de uma hora. Ele sabia que era uma viagem de duas horas e meia, e se ele se apressasse ele deveria estar na cidade, no máximo, às nove da manhã. Ele imaginou que Darko poderia marcar os russos ou quem quer que estivesse atrás de Jana, e se não pudesse, pelo menos a polícia entraria e prenderia os desgraçados.

Ele sabia que o fim da aflição havia finalmente chegado para ele.Independentemente do resultado, ele iria para um lugar como o Alasca ou Arizona, onde poderia deixar a fera correr livre na floresta alguns dias por mês. Não havia como ele ter um relacionamento verdadeiro com alguém, e ele estava se iludindo ao pensar que algo era possível com Jana. O monstro ficaria com ele pelo resto dos seus dias. Sua única esperança seria conseguir uma cabana em algum canto isolado do mapa e fazer o melhor que pudesse até que sua época do mês chegasse, como uma espécie de menstruação bizarra exigindo o derramamento do sangue de outros.

Ele sabia agora que o monstro era benevolente a sua maneira, ou ele teria despedaçado Jana. Era quase como se ele se lembrasse daquilo olhando para Jana, deleitando-se em seu horror antes de fugir, mesmo não podendo dizer se tinha sido um sonho ou não. Ele se lembrou do esmagamento dos ossos e da dilaceração da carne, enormes pedaços dos antebraços e pernas de homens. Ele também se lembrava que eles tinham avançado sobre o lobo como se fosse um grande inseto, uma coisa horrível que tinha de ser esmagada. Quanto disso se tratava de uma matança bestial, e o quanto se tratava de sobrevivência? Certamente ele havia planejado que a besta entrasse com eles na doca de carregamento, mas teria havido algum derramamento de sangue se eles tivessem apenas caminhado ou fugido? Se ao menos ele pudesse lembrar-se. *Deus, se ao menos ele pudesse lembrar-se.*

Ele acelerou pela I-87 de volta à cidade, mal freando para evitar armadilhas de velocidade enquanto a patrulha rodoviária sentava-se em suas faixas de cruzamento aguardando pelos descuidados. Ele pensou que tinha sido pego a 130 km/h em determinado ponto, mas eles entraram e pegaram um estudante universitário navegando de volta para a cidade. Ele usou seu método infalível de pular carniça com outros carros, aproximando-se pouco a pouco deles por trás até disparar a 150 km/h para ultrapassá-los. Ele então se aproximava do próximo carro e repetia o processo.

"Steve", ele ativou o telefone quando Darko ligou de volta. "Eles saíram e tinham Jana com eles. Parece que estão conduzindo para o Brooklyn. Vão entrar no horário de pico, então acho que segui-los não vai ser um problema. Avise quando chegar à cidade e eu te direi onde estamos. Agora parece que estão se dirigindo para a Ponte de Manhattan, então mantenha contato. Vou te deixar ir para não acabar com a minha bateria."

"Entendi", respondeu Steve.

Ele se irritou por ter de pagar um pedágio de dez dólares pelo privilégio de ser engolido pelo congestionamento de Nova York. Ele entrou na torrente de veículos barulhentos tentando passar uns pelos outros no caminho para o Túnel Lincoln e a

Ponte de Manhattan. Ele se divertiu com a ideia de o lobo se manifestando e saltando sobre os tetos dos veículos para chegar onde precisava estar. Muito provavelmente haveria um monte de carros abandonados que precisariam ser rebocados depois.

Eram quase 9h30 quando ele chegou à Ponte de Manhattan e ligou para Darko avisando-o.

"Certo, parece que estamos indo para Flatlands em Flatbush, a área do armazém", relatou Lucic. "Estou recebendo um sinal de bateria fraca agora. Vou conseguir um endereço, encontrar um lugar para vigiá-los e ligar de volta para você."

Steve saiu da ponte e foi direto pela Flatbush Avenue, dirigindo muito mais casualmente agora que sabia que Darko tinha-os encontrado. Ele sabia agora que tudo isto era para Evilenko prendê-lo e tirar dele o segredo do lobo. Ele sabia que Evilenko iria usá-lo como cobaia, fazer experiências com ele até que ele pudesse controlar o poder do lobo. Esta seria uma troca direta, entregar-se pela Jana. Ele sóprecisava ter certeza de que Jana estava segura antes de concordar com os termos de Evilenko, e que a besta poderia se libertar quando o sol se pusesse mais uma vez.

"Veja, minha querida, Steve Lurgan de alguma forma conseguiu que a besta fosse transportada para os Estados Unidos, e estava planejando oferecer seus serviços ao maior lance", disse Evilenko gentilmente para a garota chorando do outro lado da mesa dele em seu escritório bem mobiliado. "Ele fez conexões com os traficantes do mercado negro no Kosovo durante a guerra e, de alguma forma, tomou posse desta infeliz besta durante esse tempo. Como você sabe, os sérvios cristãos brancos estão entre as pessoas mais inteligentes e científicas da história mundial. Não tenho dúvidas de que o lobo foi um produto da engenharia genética e que foi programado para obedecer a comandos e realizar certas funções. Ele pode muito bem ter sido roubado pelos albaneses e depois entregue a Lurgan para retreinamento, não temos como saber ao certo."

"Mas --- mas e as informações no banco de dados ---"

"Foi um subterfúgio muito inteligente, e eu e Ilija soubemos disso assim que você abriu o arquivo em nosso sistema. Foi por isso que entramos no escritório pouco depois que você o fechou. Sabíamos que ele lhe enviaria informações que tinha roubado do banco de dados de mercadores ilegais chineses. Ele já tinha tentado chantagear-nos, exigindo que entregássemos um projeto secreto em que estávamos trabalhando para o Governo. Quando recusamos, ele disse-nos que ia fazer com que nos arrependêssemos da nossa decisão. Meus homens estavam movendo nossos dados de pesquisa em caminhões para transporte para uma área de armazenamento quando ele atirou o lobo contra eles."

"Isto é terrível, simplesmente terrível", chorou ela, agradecendo a um dos dois guarda-costas que estavam na sala com eles quando ele lhe entregou um lenço.

"Acredito que nossa única chance é fazê-lo trazer o animal aqui para que possamos capturar e prender Steve", revelou Evilenko. "Como sabe, ele tem aquele policial corrupto, o Lucic, trabalhando com ele. Não tenho dúvidas de que eles se conheceram no Kosovo. A pirataria informática é um dos crimes mais lucrativos do mundo neste momento. Hackers como o

Lurgan podem ganhar milhões de dólares comprando e vendendo spyware e software de vírus. Com esse tipo de dinheiro a ser feito, não é preciso ter muita imaginação para ver por que Lurgan iria a tais extremos para atingir seus objetivos."

"Eu estava me perguntando o que ele estava fazendo com um furgão", soluçou ela. "Lucic disse que ele tinha sido ferido e estava de muletas, mas eu não o vi entrar ou sair do caminhão uma única vez. Faria sentido que eles inventassem essa história para transportar aquele cão monstruoso. Ele provavelmente ficou dentro do furgão para que a besta não fizesse barulho. Quando ele estava do lado de fora da instalação a minha espera quando escapei da besta, eu devia ter suspeitado de alguma coisa. Só que eu estava tão aterrorizada que só podia estar grata por ele me ter ajudado a escapar. Ele trouxe-me diretamente para o apartamento e disse-me que estaria esperando lá fora. Sr. Vlasic, você acha ---!"

"Não se preocupe, minha querida. De fato, os meus associados viram-no estacionado no quarteirão daqui. Enquanto falamos, os meus homens estão---"

"Senhor, ele acabou de chegar", outro homem em um terno preto entrou no escritório. "Vimos um Camaro preto estacionar atrás do furgão antes do motorista entrar com o Lucic. Um dos nossos homens passou por eles e viu o Lurgan do lado do passageiro."

"Bem", Evilenko sorriu. "Tenho certeza que ele vai fazer a sua jogada muito em breve."

"Não vai chamar a polícia?" Jana perguntou.

"O FBI pediu que mantenhamos nossas posições até que eles possam colocar seu plano em ação", respondeu Evilenko. "Aparentemente, Lurgan tem as suas ligações russas se aproximando da nossa localização. Eles esperam nos pegar desprevenidos e roubar as informações de pesquisa que consegui resgatar da nossa sede quando escapei. Veja, minha querida, ele tinha certeza de que eu pediria aos meus homens que entrassem em contato com você e a trouxessem aqui. Ele pensou que você o levaria diretamente até nós. Ter o Lucic convencendo você que ele estava de guarda justificava que ele ficasse de vigia em frente da sua casa. Só que agora viramos a mesa, e quando os russos chegarem, o FBI vai avançar e prender todos eles."

"Então, vamos esperar aqui?" Jana estava conseguindo se recompor.

"Na verdade, você pode ser mais útil para nós se quiser", respondeu Evilenko. "Mandei uma unidade de reconhecimento para a planta de pesquisa depois de Lurgan e Lucic saírem. Eles reuniram os documentos restantes antes de notificar o FBI sobre o ataque de Lurgan. Eles estão a caminho daqui, mas não estão familiarizados com o tráfego de Nova York. Talvez você possa contatá-los na Internet e guiá-los até aqui."

"Isso será bom, senhor", concordou Jana, sentindo-se como uma garota James Bond no meio de toda a intriga.

"Senhor, não vai acreditar nisto", anunciou o tenente do Evilenko ao desligar o celular, mais uma vez. "O Lurgan saiu do furgão e está vindo diretamente para cá."

"Bem", Evilenko sorriu enquanto os olhos de Jana se alargavam de apreensão. "Peça a alguém que desça e o deixe entrar."

. . .

Menos de uma hora depois, Steve Lurgan viu-se amarrado a uma mesa de metal num laboratório forense improvisado, com tubos saindo de artérias e veias no seu corpo. Ele havia sido capturado pelos mafiosos russos que trabalhavam com Evilenko e levado direto para o porão no segundo nível do armazém.

Quando ele parou atrás do furgão e entrou ao lado de Lucic, ele disse a Darko que pretendia caminhar até o armazém para ser capturado por Evilenko.

"É a nossa melhor chance aqui", explicou ele. "Se eu me entregar, esperamos até o pôr-do-sol e eles todos serão história. Se ele me derrotar e tentar sair daqui com Jana, você chama seu reforço."

"Não entendo o que você está tentando fazer aqui", insistiu Darko. "Você quer que eu espere aqui até o sol se pôr para que você possa matar todos no prédio?"

"Pense comigo. O que você acha que aconteceu em Catskill depois de termos saído? Não acha que ele mandou alguém atrás de nós para recolher os pedaços? Se você quiser prendê-lo por matar aquelas crianças e vender seus órgãos, vai precisar de toneladas de evidências. Se eu conseguir fazê-lo pensar que ainda tem tempo de sobra, ele vai continuar mexendo nas coisas dele. Quanto mais tempo eu puder ficar com ele, mais tempo damos a ele para reunir as provas num só lugar."

Evilenko presumiu corretamente que Steve estava pensando dessa forma e levou-o para o nível inferior onde o Dr. Boza Andela esperava. Andela era um dos neurocirurgiões mais notáveis da Sérvia, que tinha desertado para a Albânia durante a guerra e se tornado parte do mercado negro de órgãos. Ele tinha realizado a maioria das cirurgias nos cadáveres dos adolescentes sequestrados que tinham sido levados para Catskill. Ele escapou junto com Evilenko na van que transportava a bomba de antraz que eles tinham desenvolvido durante o ano passado.

"Dr. Andela ficará de olho em você enquanto sua namorada guia nossos associados da Al Qaeda até este local", Evilenko gostou do olhar de espanto no rosto de Steve. "Eles chegaram a Montreal há alguns dias para tomar posse da arma. O plano deles era--- é --- detoná-la perto do reservatório no Central Park. As suas tentativas grosseiras de forçar a minha mão aceleraram um pouco a nossa agenda, mas não há problema em se adiantar."

"Seu desgraçado doente!" Steve sibilou. "Sabe quantos milhares de pessoas vai envenenar?"

"Nada na vida é grátis, é claro", respondeu Evilenko, ajustando sua gravata de ouro decem dólares que compensava sua camisa de seda branca de quinhentos dólares. "O Dr. Andela já é um homem muito rico, como eu e o resto da nossa equipe. Os apoiadores da Al Qaeda contribuíram com dez milhões de dólares como pagamento pela bomba. Isto, juntamente com o seguro do laboratório de pesquisa que vamos dizer que você destruiu, bem como as partes de corpos e órgãos que salvamos, vai nos permitir sair na frente do jogo."

"Você sabe que o Lucic está apenas esperando para apertar o botão e ter os policiais invadindo este lugar", Steve lutou contra suas amarras.

"Se ele fosse fazer isso, já o teria feito", Evilenko sorriu, tirando uma Glock-17 de um coldre de ombro sob seu terno de grife de cinco mil dólares. "Ele espera se vingar pela morte do seu parceiro, ambos sabemos disso. Por que outra razão pensaríamos que ele está mijando numa lata desde ontem? Ele espera que você se transforme no lobisomem e mate todos, salve aquela garota estúpida, e viva feliz para sempre. Infelizmente eu tenho outros planos."

"Espero que incluam se ferrar, seu filho da mãe!" Steve sibilou.

"Você se lembra disso", Evilenko soltou o carregador de munição e mostrou uma das balas revestidas de prata. "Foi o que você usou para libertar a última pobre alma. Dr. Andela vai fazer uma série de testes pelas próximas horas até o pôr do sol. Vamos tirar sangue, medula óssea, fluido cerebrospinal, o que for útil. Quando começar a experimentar suas alucinações licantrópicas, Dr. Andela acabará com seu sofrimento permanentemente."

"Capitão Evilenko, já lhe disse, sou um médico, não um assassino", implorou Andela. "Já quebrei meu Juramento de Hipócrates mais vezes do que me lembro ao longo deste projeto, mas é aqui que eu traço a linha. Eu não vou matar um homem, senhor, não vou!"

"Acalme-se, meu amigo", Evilenko tranquilizou-o. "Eu mesmo voltarei aqui antes do pôr do sol e tratarei disto sozinho quando os testes estiverem terminados. A minha única preocupação é que terei de dar prioridade total à transferência da bomba assim que os agentes da Al Qaeda chegarem. Se eu estiver ocupado, então você terá que cuidar desse sujeito. Fique tranquilo, se ele tiver um episódio maníaco, você pode muito bem ser confrontado com a escolha de acabar com ele em sua própria defesa."

"Compreendo o que está me dizendo, Capitão."

"Muito bem. Continue."

Darko Lucic sentou-se no furgão enquanto o dia passava, perguntando-se o que estava acontecendo dentro do armazém silencioso na rua deserta. A espinha dele contraía em dores agonizantes regularmente, e ele tinha que despejar o mijo da sua lata pela janela a cada duas horas. Ele estava distraído pela ideia de ter agravado a lesão vertebral a ponto de causar danos irreversíveis, mas tinha certeza de que não poderia ficar pior do que estava agora.

Ele viu passar o meio-dia, depois as horas arrastaram-se para as três da tarde. Quando se aproximava das cinco e meia, ele notou que o sol começava a pôr-se no oeste e que a silhueta da lua se tornava visível no céu azul que escurecia. Ele puxou sua bolsa de viagem e tirou seu coldre de ombro, grunhindo enquanto removia seu casaco para equipá-lo. Ele então suportou a tortura de se curvar para a frente para afivelar seu coldre de tornozelo. Finalmente, ele estendeu a mão para trás e puxou as muletas de aço. Precisaria de tudo que tinha para entrar naquele armazém, mas ele tinha ido longe demais para voltar atrás agora.

Ele acelerou o motor e desceu o quarteirão até o armazém de onde estava estacionado ao longo de um beco sem saída. Ele escancarou a porta e levantou as muletas para se segurar, depois deslizou do banco do motorista e quase desmaiou ao transferir seu peso para o chão.

“Ei, seu policial maldito”, um dos quatro russos na entrada do armazém desafiou-o. “Isto é propriedade privada. Você está bloqueando o trânsito.”

“Muito bem, seus desgraçados, encostem-se à parede, estão todos presos”, Lucic tirou o distintivo do bolso das calças e enfiou-o no bolso do peito.

"Sai da propriedade, seu aleijado maldito!" Um dos russos zombou antes de começar a sacar as pistolas.

Assim que ambos os lados começaram a abrir fogo, o som de um motor de caminhão começou a rosnar da área da garagem do armazém enquanto Bojan Evilenko se preparava para encontrar os agentes da Al Qaeda no local onde ele entregaria a bomba de antraz. Ele enviou um de seus tenentes para garantir que Jana Dragana havia confirmado o encontro com os terroristas perto do complexo da Watchtower, junto à ponte do Brooklyn. Uma vez verificado isso, ele atiraria na cabeça de Jana para garantir que ela não tivesse histórias para contar sobre o que havia visto.

O tenente ouviu os tiros lá fora e correu para ajudar os seus camaradas, esquecendo Jana por um momento. Jana, ouvindo os tiros soando da rua abaixo, correu para a janela e pôde ver Lucic se abrigando atrás de um poste de luz de rua enquanto trocava tiros com os russos. Ela puxou o celular e descobriu que a bateria não só estava fraca, como também não conseguia sinal. Ela começou a chorar enquanto assistia ao tiroteio lá embaixo, não tendo ideia do que poderia acontecer com ela.

Dr. Andela também ouviu o tiroteio e olhou freneticamente para a porta, esperando pelos passos de Bojan Evilenko em vão. Imediatamente ele viu os olhos de Steve rolarem para trás, e suas costas arquearam horrivelmente antes de ele começar a convulsionar. Andela olhou fixamente para a Glock na mesa ao lado do equipamento médico utilizado para extrair fluidos e amostras de Steve ao longo do dia.Porém, ele não estava prestes a atirar em um homem, muito menos a sangue frio. Ele havia vendido sua alma a Evilenko por mais de um milhão de dólares em uma conta bancária suíça, mas aqui ele traçaria seu limite.

Ele não podia acreditar nos seus olhos ao ver a caixa torácica de Steve expandir-se, inchando para quase o dobro do seu tamanho normal. O crescimento de seus cabelos e unhas acelerou assustadoramente, e seus membros começaram a torcer-se como ramos de árvores em deformações terríveis. Seu rosto estava contorcido pela dor, mas parecia que o crescimento anormal de seus cabelos e unhas havia se espalhado até os dentes quando começaram a saltar de seus lábios. Steve então soltou um grito terrível, quase idêntico ao que ouviu num campo de extermínio perto do Kosovo, onde muçulmanos albaneses haviam fuzilado trinta civis sérvios cristãos. Só que este não era o grito de mulheres e crianças aterrorizadas. Estes eram os gritos dos condenados implorando por libertação dos abismos do Inferno.

Era quase como se estivesse vendo alguém se barbeando, ou vendo algo ardendo num incêndio. A metamorfose era tão repentina e absoluta que quando ele se concentrava em uma área do corpo, outra se transformava a um ritmo espantoso. Quando Andela arrancou os olhos do rosto torturado de Steve, ele viu que todo o seu corpo estava emaranhado de pelos e que as suas pernas tinham se enrolado em bolas maciças de músculo, terminando em canelas como pau e pés tortos como garras. Algo que se parecia quase com uma cauda saliente por baixo das nádegas. Quando ele olhou de volta para o rosto de Steve, o nariz e a mandíbula dele estavam começando a se projetar como de um Neandertal.

A gritaria havia dado lugar a um rugido

perturbador que gelou a medula nos ossos de Andela. Era o rugido de nenhum homem nem animal, e sim o do próprio Diabo. Andela desabou em terror, e imediatamente a besta que era Steve Lurgan quebrou suas amarras como se fossem papel higiênico. O doutor quase desmaiou quando o monstro ficou de pé sobre a mesa, elevando-se sobre ele enquanto as mandíbulas com presas se abriam como as de um tubarão assassino. Ele olhou-o nos olhos, que brilhavam como brasas enquanto penetravam a alma de Andela. O doutor começou a chorar histericamente e perdeu o controle de suas entranhas enquanto um odor fétido enchia a sala. Mais uma vez o som de tiros podia ser ouvido lá fora, e imediatamente o lobo gigante saltou da mesa e pela porta como se fosse feita de madeira balsa.

Lá fora, Darko estava encolhido atrás do posteenquanto vários tiros abriam caminho no metal, mas ainda não tinham penetrado nos dois lados. Ele disparou tiros únicos em resposta, afastando os quatro pistoleiros que estavam escondidos nas portas, tentando se aproximar para conseguir um tiro certeiro em Lucic.Praguejavam e zombavam dele, esperando que ele tentasse voltar para o furgão para que pudessem disparar nele pelas costas. Eles sabiam que Evilenko estava se preparando para puxar a porta de aço da garagem e sair com a bomba de antraz, e então eles teriam cumprido a sua parte do acordo com ele.

Os atiradores sentiram movimento atrás deles, e viraram-sehorrorizados para a besta gigante que se aproximava deles. Era o tipo de terror que tomaria conta de alguém em um zoológico ao descobrir que um dos animais havia escapado da sua jaula e se esgueirado em sua direção.. Eles giraram e começaram a disparar contra o monstro, que saltou no pistoleiro mais próximo e engoliu sua cara inteira. Os olhos deles se arregalaram quando ouviram os ossos do rosto do homem rangendo sob a pressão, o sangue jorrando pelo pavimento de concreto enquanto seu corpo amolecia.

Darko tomou a iniciativa mancando com uma muleta, de alguma forma equilibrando-se ao abrir fogo contra seus atacantes. Um dos homens se dobrou quando balas atingiram suas costas, e outro esmoreceu com uma bala na parte de trás do crânio. A besta, entretanto, saltou sobre o quarto homem e partiu seu braço estendido como um pedaço de pão. Ele caiu gritando no chão enquanto Darko olhava fixamente nos olhos do lobo encharcado de sangue.

"Ok, vai com calma, Steve", Darko conseguiu dizer, seus testículos encolhidos de medo. "Eu sei que você está aí em algum lugar. Temos que salvar a Jana e deter o Evilenko. O caminhão dele está prestes a partir, e eu nunca vou voltar para o volante a tempo."

Imediatamente o lobo gigante saiu correndo na direção da garagem. Darko olhou para cima e viu Jana olhando para baixo pela janela do segundo andar, e acenou para ela enquanto se agachava dolorosamente para recuperar sua outra muleta. Ele só esperava que a polícia não aparecesse, ou que um transeunte não ouvisse os gritos do pistoleiro mutilado e chamasse a polícia. Ele não tinha dúvidas de que, se Evilenko escapasse, ele venderia os órgãos colhidos para os chineses antes de fugir do país. Ele não tinha a menor ideia sobre a bomba de antraz. A sua única preocupação era prender Evilenko antes que ele pudesse sair do local. No entanto, ele não ficaria surpreso se Evilenko tivesse equipado o caminhão com explosivos para destruir as provas, se necessário.

Ele coxeou precariamente da frente do armazém para a garagem, lágrimas de dor correndo pelas bochechas. Ele viu que a porta de correr tinha sido parcialmente levantada, e conseguiu dobrar-se o suficiente para deslizar para dentro. Ele viu o enorme caminhão parado diante dele, e à sua esquerda Evilenko sentava-se encolhido perante a besta, que o tinha preso perto do painel de controle no canto.

"Ok, Bojan, não faça nenhum movimento em falso. Essa coisa acabou com quatro dos seus homens lá fora", Darko aproximou-se cuidadosamente do caminhão. "Está tudo acabado, não queremos que mais ninguém seja morto aqui. Vou tentar chegar ao caminhão e desligá-lo. Faça o que fizer, não deixe essa maldita coisa empolgada."

"É o Lurgan, você sabe disso, seu idiota", respondeu Evilenko, rouco. "Ele ainda consegue pensar claramente e entender, senão eu estaria morto. Eu já armei a bomba, está programada para explodir dentro de uma hora. Quando você ligar para seus amigos e eles enviarem o esquadrão antibomba, a arma já terá coberto todo o Flatbush com antraz."

"Que bomba?" Lucic exigiu.

"Concluímos com sucesso o desenvolvimento de uma bomba de antraz para uma célula da Al Qaeda aqui na América do Norte", disse Evilenko com uma gargalhada. "No caso do nosso acordo com os chineses ser cancelado ou sabotado por pessoas como vocês, fizemos planos alternativos para vender a bomba à Al Qaeda antes de fugir do país. Um dos recursos que instalamos foi um detonador manual irreversível, caso fôssemos presos ou capturados como agora. Tem pouco valor, a não ser para nos dar uma medida de vingança contra aqueles que frustraram nossos planos."

Imediatamente, Jana Dragana escorregou por baixo da porta superior e quase desmaiou ao ver a besta a poucos metros de distância dela.

"Jana!" Darko a chamou. "Não se preocupe, está tudo bem, só não faça nenhum movimento brusco. Este filho da mãe maluco ativou uma bomba de antraz naquele caminhão. Eu não sei se o esquadrão antibomba pode chegar aqui a tempo de pará-la!"

De repente a besta virou-se e olhou nos olhos de Darko, e ele lutou contra o tremor em seu peito enquanto tentava se concentrar num impulso repentino em seu cérebro.

"O cofre subterrâneo", percebeu ele. "Se conseguirmos meter esta maldita coisa dentro do cofre em Staten Island, talvez ele consiga conter a explosão!"

O lobo gigante congelou Evilenko no lugar com seus rosnados guturais enquanto Darko cambaleava para a traseira do caminhão com Jana atrás dele. Ela o ajudou a abrir a porta e eles ficaram espantados com o dispositivo cilíndrico preto que parecia ter cerca de três metros de diâmetro. Tinha um grande dispositivo redondo em cima dele e parecia um disco voador dos filmes.

"Como vamos movê-lo? Deve pesar uma tonelada!" Jana ficou consternada.

"Vamos nos preocupar com isso quando chegarmos lá. Entra no caminhão."

Eles assistiram fascinados enquanto o lobo gigante afundava seus dentes em torno da cintura de Evilenko, agarrando seu cinto e a frente de suas calças. O capitão gritou em alarme enquanto os dentes do monstro rasgavam-lhe a pele durante o processo. A criatura empurrou-o em direção à traseira do caminhão, finalmente soltando-o quando chegaram à porta traseira. Evilenko instintivamente rolou para dentro do veículo, e a besta saltou para o outro lado da bomba enquanto Darko fechava a porta atrás deles. Ele voltou para o painel de controle da porta superior, tentando combater a dor lancinante enquanto elevava-a até o fim. Ele então voltou para o volante e levou o caminhão para fora da garagem em direção à ponte Verrazano-Narrows até Staten Island.

Levou quase meia hora para chegar à mansão, e Darko sabia que eles estavam em uma corrida contra o tempo. O caminhão permaneceu em silêncio durante toda a viagem enquanto Darko lutava para não se encolher em agonia e Jana olhava pela janela em distração. Evilenko tentou falar com o lobo uma ou duas vezes, mas seus horríveis rosnados agarraram o coração de todos com terror. Eles finalmente chegaram à entrada e Darko conseguiu abaixar-se até o pavimento. Jana viu a agonia em que ele estava e correu para ajudá-lo a descer.

Darko abriu a porta da garagem e conduziu o caminhão para dentro, e ficou extasiado ao descobrir que havia um elevador de carga instalado pelos traficantes que lhes permitia transportar objetos volumosos para a área subterrânea. Ele abriu a porta para deixar Evilenko e a besta sair. Evilenko saltou para o lado enquanto o monstro colocava suas mandíbulas em torno de um dos espaços cortados em ambos os lados da crista do dispositivo. Ele puxou a bomba para fora do caminhão para que o dispositivo pousasse no chão da garagem com um estrondo ensurdecedor. Darko adivinhou que ele devia pesar mais de 140 kg, o que lhes deu um indício do poder da criatura.

Depois a besta empurrou a bomba para o elevador com as patas da frente, e Darko lembraria-se de quão engraçado isso poderia ter sido, se eles não estivessem apavorados. Ele nem havia se preocupado em sacar sua pistola de novo, pois Evilenko não teria sonhado em fugir desta coisa. Uma vez carregada a bomba no carro, a criatura rosnou ameaçadoramente para Evilenko, as entranhas sangrentas de suas vítimas ainda grudadas em seu focinho e peito. Evilenko instintivamente entrou no elevador, fitando o painel de controle como um último meio de fuga possível.

"Nem pense nisso", disse Darko enquanto ele e Jana entravam atrás dele, seguidos pelo lobo. "Não importa onde você vá, esta coisa vai encontrá-lo."

O elevador zumbiu enquanto suas portas se fechavam e ele descia lentamente para as câmaras subterrâneas. Quando elas reabriram, o lobo começou a empurrar a bomba em direção ao cofre onde ela havia ficado presa na noite anterior. Darko coxeou adiante e digitou o código, e a porta da caixa-forte abriu-se lentamente. Eles assistiram com apreensão enquanto a besta empurrava a bomba para dentro do cofre, depois usava seu focinho para fechar a porta de aço. Depois ela se aproximou e deitou-se em frente à porta do elevador. Os três olharam um para o outro, percebendo que não tinham outra escolha senão esperar aqui até que a bomba explodisse.

Cerca de dez minutos depois, os três quase saltaram de sua pele quando uma explosão como nunca ouviram antes aconteceu no cofre. Apesar de a bomba estar trancada no cofre, o barulho era tão grande que o gesso rachou no teto e no chão do porão. Os objetos foram atirados das prateleiras, e o monitor do sistema de vigilância explodiu à medida que saiu do console e caiu no concreto. Eles podiam ouvir os alarmes contra roubo disparando por toda a casa e perceberam que a polícia estaria a caminho.

Com isso, o lobo levantou-se do chão e caminhou até a porta do cofre. Ele se levantou nas patas traseiras e apertou o botão vermelho de emergência no painel de controle com seu focinho, fazendo com que a porta se abrisse.

"Steve! Não!" Darko gritou, fazendo com que Jana olhasse para ele com espanto.

O lobo não prestou atenção, rosnando para Evilenko e curvando seus ombros maciços como se estivesse pronto para atacar. Os olhos do Capitão dispararam para os lados descontroladamente, procurando uma maneira de escapar do monstro. Quando ele se movia um centímetro em qualquer direção, a besta se mexia como se fosse interrompê-lo e saltar sobre ele. Os rosnados e rugidos da criatura eram tão assustadores que Evilenko escorregou dentro do cofre, num esforço desesperado para escapar. Com isso, o lobo levantou-se e bateu com a porta atrás dele.

"Steve! Você não pode---!" Darko arquejou, mas imediatamente o lobo tornou-se como um cão pastor, rosnando e rodeando-os para forçá-los a voltar para o elevador. Eles lhe obedeceram, entorpecidos, e finalmente o monstro entrou ao lado deles. Darko bateu no painel de controle para levá-los de volta ao nível do chão, os gritos e choros de Bojan Evilenko ecoando em seus ouvidos.

CAPÍTULO DEZ

Caro Steve,

Quando você ler isto, já estarei longe de Nova York, longe das terríveis recordações das minhas experiências recentes. Infelizmente isso também me colocará longe de você, e acho que é assim que deve ser.

O homem que conheci como Zora Vlasic me disse muitas mentiras, e verdades misturadas com mentiras. Eu li os jornais e agora sei quem ele realmente é e todas as coisas horríveis que fez. A única coisa que ficou inexplicável foi o lobo que matou todas aquelas pessoas. Disseram que estava sob investigação e que temiam que fosse uma tendência que precisasse ser detida. Tudo que posso dizer é que espero que não envolvam você.

Não posso mais ignorar o fato de que sou a única pessoa que esteve envolvida com todos esses três incidentes. A polícia está totalmente ciente disso, mas o seu amigo Darko me inocentou de todas as suspeitas. Ele os distraiu para procurar em outro lugar, e eu aproveitei para deixar Nova York para sempre. Não tenho dúvidas de que se eu ficar, um dia aquele lobo vai reaparecer na minha vida. Isso é algo que eu nunca mais desejo experimentar.

Você é um homem maravilhoso com uma ótima personalidade. Eu sempre apreciarei os momentos que compartilhamos juntos e o tempo em que eu considerei você meu melhor amigo. Tentarei apagar apenas o último capítulo da minha mente, embora eu acredite que será um pesadelo com o qual sempre viverei.

Deus te abençoe, Steve, Você estará sempre no meu coração.

Com amor, Jana

“Bem, acho que é isso”, Steve suspirou tensamente enquanto Darko colocava a carta na mesa de café entre eles na sala de estar. “Essa era a minha única razão de viver.”

“Vamos lá, Steve”, Darko repreendeu-o gentilmente. “Apesar de você não ter recebido nenhum crédito por isso, você e eu sabemos o que você fez. A rede de mercado negro do Evilenko foi esmagada, os seus contatos na Al Qaeda foram apanhados e os seus contatos chineses estão em fuga. O FBI invadiu a planta em Catskills e teve um dia cheio com os bancos de dados informáticos dele..

Havia provas suficientes para prender todos os membros do grupo dele por toda a vida, e conseguiram que Andela se tornasse testemunha do Estado. Você é quem deveria ter recebido todas as medalhas, não eu. Na verdade, quero dar a você. Eu insisto."

"Só há mais uma coisa que você pode fazer por mim", respondeu Steve calmamente. Ele produziu sem palavras uma Glock-17, com um clipe que ambos sabiam que estava carregado com balas revestidas de prata.

"De jeito nenhum, Steve", ele ergueu as mãos. "De jeito nenhum. Eu sou um policial, não um carrasco. Se você quer uma eutanásia, eu posso te dar dezenas de nomes."

"Pensa bem", respondeu Lurgan, colocando a arma em cima da mesa. "Se você tirar essa coisa de mim, você sairá da cadeira de rodas permanentemente. Se você se mudasse para o deserto, em algum lugar como Arizona ou Novo México, até mesmo Califórnia, ainda estaria recebendo os seus benefícios de deficiência, você não precisaria trabalhar. Tudo que você teria que fazer é soltar essa coisa no deserto uma vez por mês por alguns dias, durante o ciclo da lua cheia. No início é difícil se acostumar, mas depois de algum tempo você começa a se lembrar das coisas e assume o controle."

"Nem me diga que você tinha controle sobre aquela coisa."

"Não dessa maneira", insistiu Steve. "Olha, é um lobo, você viu. Ele age por instinto, mas tem o fator humano no seu subconsciente, nós vimos isso. Pode ser benevolente às vezes. Você apenas tem que colocá-lo onde não seja exposto à violência ou não seja atacado. Ele até fugirá se tiver a chance."

"Olha, parece que você está tentando me fazer adotar um cão e enfiou na cabeça que, se eu atirar em você com uma bala de prata, todas as vendas serão finais", disse Darko. "Esquece isso. Ei, leva isso à imprensa, dê uma exclusiva ao *Good Morning America*. O Governo não vai poder te tocar então. Vão te colocar numa instalação privada onde será livre de ir e vir, e só terá de se apresentar durante o ciclo para observação e confinamento. É besteira se matar, Steve. Não me sinto confortável com essa coisa em cima da mesa. Guarda isso."

"Acabou para mim, Darko", Steve começou lentamente. "Jana era tudo pelo que eu realmente tinha que viver. Não posso passar o resto da minha vida tomando conta deste lobo."

"Steve! Não!" Darko gritou enquanto o Steve colocava a arma na cabeça e puxava o gatilho.

De imediato, foi como se uma torrente de ectoplasma emergisse da boca de Steve, os fantasmas de dezenas de seres torturados vomitando num arco sobre a mesa de café e mergulhando como uma adaga fantasmagórica no coração de Darko. Os olhos de Lucic rolaram para trás de sua cabeça e ele começou a ter convulsões com tanta violência que caiu da sua cadeira de rodas como se estivesse morto no chão.

Ele não se moveu novamente até meia hora depois, quando a polícia chegou.

Cerca de um ano depois, Jana Dragana estava admirando o pôr-do-sol da enorme janela de vidro com vista para a encosta da sua luxuosa casa perto do

Deserto de Sonora, no Arizona. O sol crepitava em resignação ardente, manchando os céus com laranja e ouro enquanto a escuridão do cobalto engolia o horizonte.

"Pronto para ir?", perguntou ela calmamente.

"Sim, está quase na hora", respondeu Darko Lucic, vestido apenas com o seu roupão atoalhado e chinelos enquanto se dirigia para a sala de treino deles na espaçosa casa do rancho. "Vamos fazer um passeio na Califórnia quando eu voltar."

"Amo você."

"Também te amo", disse ele enquanto fechava a porta do ginásio suavemente atrás dele.

Ela foi para a cozinha e, distraidamente, começou a enxaguar os pratos do jantar, olhando para a paisagem. Nova York era uma memória distante de outro passado, e todos os seus vícios e preocupações foram deixados para trás. Havia apenas uma lembrança que permanecia com ela, e ela finalmente havia aceitado-a da melhor maneira possível.

Houve um movimento lá fora em direção à ala leste da casa, e ela se afastou do balcão da cozinha e olhou através da porta de vidro deslizante. Lá ela viu o lobo gigante enquanto caminhava em volta da casa, olhando fixamente nos seus olhos.

Em seguida, ele se virou e caminhou para o pôr-do-sol mais uma vez.

Caro leitor,

Esperamos que você tenha gostado de ler *Homem Lobo*. Reserve um momento para deixar uma crítica, mesmo que curta. A sua opinião é importante para nós.

Atenciosamente,

John Reinhard Dizon e Next Chapter Team

A ANOTAÇÃO

Capítulo 2

1. Nova Ordem Mundial

Capítulo 4

1. Serviço Secreto Chinês
2. padre vodu

Capítulo 6

1. Soldados da máfia

Homem Lobo
ISBN: 978-4-82411-216-3
Livro de Bolso

Publicado por
Next Chapter
1-60-20 Minami-Otsuka
170-0005 Toshima-Ku, Tokyo
+818035793528

31 outubro 2021

www.ingramcontent.com/pod-product-compliance
Ingram Content Group UK Ltd.
Pitfield, Milton Keynes, MK11 3LW, UK
UKHW012249290726
14090UKWH00016B/558

9 784824 112163